Après la brume

Estelle Rocchitelli

Après la brume

Roman

Il faut chausser
ses bottes de pluie,
enfiler son ciré pour
[illegible]
insulaires... ! J'espère
que ce séjour sur mon
île vous plaira,
Estelle

Dalva

ISBN : 978-2-487-60003-4

Dépôt légal : août 2024
Conception graphique : Rémy Tricot
Photo de l'autrice : Droits réservés

Éditions Dalva – 92, avenue de France 75013 Paris
info@editionsdalva.fr

Encore une nuit où tout est calme, pas un bruit, rien
À part vos souffles réguliers, à côté
Encore une nuit sans sommeil, sans raison, juste
Une flopée de choses un peu floues, tout autour

Alors on sent très bien le bout du lit et les murs
Se resserrer, se refermer, sur on ne sait trop quoi
Alors on sent très bien nos mains se crisper et se tendre

Se diriger, se refermer, sur on ne sait trop qui.

Tout est calme, Yann Tiersen

Yuna

Je me souviens des choses que je n'ai pas vécues. Les femmes debout devant la maison, les mains qui battent sur la poitrine, les souffles qui brûlent et défient le vent. Le chœur des femmes debout, la maison de ma mère, les chants qui sortent des bouches, le ciel de plus en plus noir. Le ventre rond, la peur de la croix posée sur la table, pour chaque ventre rond il y a une croix posée sur la table. Quelqu'un s'en va, une lettre revient et un autre pose pour lui la croix sur la table.

Je m'en souviens comme si j'étais là. La lande d'avant ma naissance et ma mère qui fend les bruyères, le geste ample de ramener la jupe contre son corps, le tissu qui s'accroche aux herbes hautes. Des masses abruptes au-dessus et il faut marcher, il faut avancer, on ne doit pas se trouver là. Le ciel précède ma mère vers la maison près du phare. Le ventre tendu sous la robe, le vent gonfle les plis, écarte les coutures, donne à manger aux jupes qui enflent. Je suis dans son ventre, sous le nombril et je n'ai pas encore conscience de moi-même.

Les jambes reconnaissent la route du phare. Elles savent l'odeur des bruyères sous les premières gouttes, elles savent le vent furieux avant qu'on ne l'enferme sous le pas de la porte. Elles devinent l'inquiétude de ma mère pour mon père, ou pour un autre. Seule ma mère connaît les hommes qu'elle a perdus. Ils restent autour d'elle, murmurent dans les coins, ils sont debout dans la maison basse, autour de la table, le long des murs. Ils murmurent dans les coins et personne ne les voit. Parfois elle se lève, les disperse des bras, leur ordonne de se taire.

Dans la maison basse, il y a mes sœurs, mon frère, et les femmes du village. Les femmes ont préparé le linge, déployé la couche, le lit, les draps ouverts pour recevoir les hanches de ma mère, ouvrir ses jambes et recueillir les cris. Agitées, sages, elles comptent les pas de ma mère de la lande jusqu'au phare, elles comptent les premières gouttes qui dévalent le toit, elles comptent les secondes qui pleuvent de la foudre au tonnerre. Mon frère pleure car ma mère n'est pas là. Il ne m'entend pas, qui lui dis de m'attendre.

Je me souviens des parois du ventre de ma mère, des secousses qui portent, de la nuit rassurante. Je voulais rester dans la nuit. Les ombres hospitalières, les mains de ma mère qui traversent son corps, me portent en courant dans la lande. C'est mon premier voyage. Un tambour bat de plus en plus fort. Celui de ma mère, qui cogne ses côtes, me tend au-dehors. La tempête, ma fille, elle fait les présentations, elle se presse, elle court parce que déjà le séisme commence dans son ventre. La danse viscérale, le tambour, les parois qui craquent, la descente jusqu'au fond de son corps. Puis la peau râpeuse des mains qui m'arrachent à ma mère, ma peur salie des voix qui m'entourent. Le monde hurle. Pour ne pas être en reste je crie moi aussi.

Depuis le premier jour, je sens le grain venir. Ça prévient entre les genoux, aux arêtes des poignets. C'est infime et ça gratte, sable qui roule entre mes nerfs. Au soir du soixante-seizième automne, je marche dans la plaine. Les champs prennent vie plus fort que d'ordinaire. Il faut avancer, avancer avant que le vent ne devienne un mur. Je vois au loin ma maison basse, ses volets battants. La lande se démène sous mes pieds de vieille, qui flottent dans les grandes bottes grises. Je repousse la tresse derrière mon épaule, la sens battre contre mon dos. Sous le corsage, la petite médaille, l'odeur de l'étain qui pique avec la pluie.

Devant la maison, les pots de fleurs roulent entre les dalles. Je pousse les volets, verrouille la porte, laisse le jardin derrière moi. Le chemin monte vers les rochers, les gouttes dans les yeux, la nuque, les cheveux comme des insectes autour du visage. Je retrouve la clé, la porte claque, le silence humide du phare.

Les escaliers glissent. Je grimpe lentement. À l'intérieur, le vent laisse un répit. Tourner, tourner, et là-haut il fait froid, les mains se cachent sous les jupes pour ne pas geler. Dans la petite pièce ronde, la lampe ne brille pas, les vitres reçoivent la pluie, mon frère est là qui veille, sur son banc de bois. Je regarde la grande vitre ronde. La nuit est déjà là. L'horizon aveugle, les éclairs déploient leurs sillons sur la mer. Quand ils touchent les vagues, l'île devient blanche. Pousse-toi un peu, je dis à mon frère, et je m'assois près de lui.

En face la mer s'étire, les flots se déchaînent, ils ont bien le droit, ils sont libres, au large il n'y a rien. Les bateaux ne passent plus ici. Près des falaises, sous les trombes d'eau, je distingue un point lumineux. La lampe trace des arcs sur le sol, la plaine se referme sur la femme qui se fraie un chemin dans les herbes mouvantes.

C'est elle qui arrive à l'orée de l'automne, avec les tempêtes, descend du bateau, disparaît dans les terres. Son sac de soldat sur le dos, elle niche au creux des falaises, passe ses journées dehors et repart en novembre quand le roux vire au gris. Si le phare marchait encore on pourrait l'éclairer, la débusquer, la surprendre dans les rochers, on pourrait l'aider comme on aide les marins égarés. Mais personne ne m'a montré, je ne sais pas faire danser la lampe.

PREMIER JOUR

Tina

C'est le silence qui m'a réveillée. La couverture est tombée par terre et mes pieds dépassent du lit. À travers le velux il fait encore noir. Le vent s'est calmé, un meuble craque dans une chambre à l'étage, la vieille commode de cèdre qui tremble parfois. J'écoute encore les échos de la nuit, enfile un pull, un deuxième, retrouve les savates perdues sous le tapis. Ça sent l'humidité, la cendre.

Les chaussettes minuscules sont alignées sur le radiateur du couloir. J'en ramasse une sur le plancher, la replace au milieu des autres. Comme toujours, je m'arrête devant la porte de la chambre de Raph. Ça respire dans l'entrebâillement.

Les escaliers protestent sur mon passage. L'odeur de la pierre froide, les tapis roulés sous les portes pour colmater, gorgés de l'eau de la tempête. Le poêle s'est éteint. Dans la cuisine, le chat tourne autour de mes jambes, je reste debout devant l'évier, mes pulls sur le dos. La grande fenêtre donne sur la lande. On ne voit rien mais je devine le jardin sans clôtures, le sentier qui passe, les falaises tout près. D'ici on peut entendre la mer.

D'habitude je descends plus tard, je me réveille avec le soleil. Cette nuit je ne sais pas, c'était différent. Je dormais les yeux ouverts. Des sternes arctiques cognaient à la fenêtre, plongeaient en piqué, grignotaient mon crâne. Des pensées venues du nord glissaient sous la surface. Avec la tempête, je sentais les masses se déplacer, se broyer dans mon ventre. J'ai vu un endroit que je ne connaissais pas, un visage étranger sous une capuche grise, et tout me semblait familier. Je n'arrivais pas à relier les visions.

Et puis brusquement, à une heure incertaine, je me suis rendu compte que j'avais oublié de préparer les affaires de Raph pour le lendemain. Je me suis levée, ai marché en somnambule dans le couloir, je les ai vues, pliées et rangées sur la petite chaise, devant la porte de sa chambre. Rassurée, j'ai retrouvé mon lit, me suis rendormie, et à la seconde où le vent est tombé, j'ai ouvert les yeux.

Puisque je suis levée je peux faire ce truc que font les mères. Sortir les bols, mettre le chocolat dans la tasse, couper du pain. Je cherche la cuillère préférée perdue au fond de l'évier. Le gros frigo tremble. La lumière tombe devant la porte ouverte, le lait a tourné. J'ouvre un placard, prends une autre bouteille, respire le calme de ce qui n'est pas encore le matin.

Au milieu des confitures je repère les céréales, entrouvre le paquet, croque pour vérifier le goût. Je m'en sers un bol que je mange debout devant la fenêtre. Dehors, la nuit perd de l'épaisseur. J'attrape les céréales à même le paquet. Le chat mange aussi, les croquettes tintent contre la gamelle.

Et puis ça remue à l'étage, petits pas nets contre le plancher. Le paquet de céréales terminé, je jette l'emballage, retrouve les biscottes au fond d'un placard, deux dans une assiette, beurre et confiture.

Elle descend l'escalier. Ses pieds ne font aucun bruit sur les marches. Arrivée en bas, elle appuie sa tête contre la rampe. Sa joue a gardé la marque de l'oreiller. Bonjour le moineau.

Un son indéterminé s'échappe de son nez. Les yeux à demi fermés, elle vient buter contre le poêle éteint.
C'est quoi ça maman ? dit-elle en montrant la table.
Je hausse les épaules.
Le petit-déjeuner, je crois.

Elle s'approche de la fenêtre, titubant de sommeil, ses cheveux comme un petit radiateur autour des joues. Son pyjama trop court remonte sur ses pieds nus. J'attrape un plaid, le passe autour d'elle. Elle se colle à mes jambes. C'est vraiment le matin ?

Bientôt, je dis. Regarde. Je la soulève, la hisse sur le bord de l'évier.
Tu vois le trait rose, là-bas ? Je montre avec mon bras, laisse ma joue collée à ses cheveux. Elle renifle, appuie le nez contre ma bouche. Maman, tu sens les céréales.

On reste longtemps devant la fenêtre. La gamelle est vide, le chat s'est éloigné sans faire de bruit. Elle reste contre moi, petit animal, son odeur de sel et de lit défait, la chaleur s'imprime doucement sur ma joue.
Regarde, maman.

Le soleil a grimpé en haut des falaises, et la crête des champs brille. Là-bas, derrière le sentier, une tente perce le brouillard.

Alma

Les jambes encore dans le duvet, je fais glisser le réchaud dans l'herbe trempée, creuse le sol avec la bouteille de gaz. Mes doigts se piquent à la gourde. L'eau remplit la casserole, le briquet, murmure du gaz qui dessine la chaleur dans la brume. Quand les bulles remontent à la surface, je verse le thé, les feuilles enflent et s'étalent. Je pose la casserole et me lève pour aller pisser.

Accroupie au bord des rochers, les pieds dans les chaussures mal lacées, j'admire le combat du soleil contre le brouillard.

La tente m'attend à l'écart du sentier. Les vêtements étalés, chaussettes, cape de pluie. Dans la casserole j'attrape les feuilles de thé, les retire. J'ouvre une boîte, mange les maquereaux avec les doigts. L'huile coule dans l'herbe. Les arêtes crachées, j'attrape la casserole et emporte mon thé sur les rochers.

J'ai dormi dans les ruines, entre les pierres, la terre coincée dans les cheveux. Aujourd'hui je veux aller au phare, dire au revoir avant de reprendre le bateau.

Le dernier jour j'essaie de ne pas penser à la ville qui m'attend de l'autre côté. L'île est dans mon corps. Mes jambes massives des pas sur le sentier, j'ai oublié le lit, l'électricité, le chauffage. Je ne sais plus bien marcher sans le sac, je ne sais plus dire bonjour, les yeux dans les yeux.

Ici je m'arrange avec le vent, le sol, le rythme des marées. Avec ce corps qui finit par me porter. Les premiers jours ça se plaint, ça ne tiendra pas, c'est la dernière fois qu'on fait ça, rentre chez toi, prends un café, reste à l'abri.

L'abri c'est l'île et l'espace partout.
Rien ne cogne ici. Une voiture par jour sur la route. On dit bonjour, et c'est tout. Les yeux se lèvent, se croisent très vite, sourire ou pas. Personne ne demande ce que je fais là. Quand l'automne avance, les mollets solides, les cuisses campées sous le sac, mon dos ne ploie plus. Sortir de la tente le matin, l'air comme une gifle, et je ne sais plus comment faire pour vivre autrement.

Le dernier jour, j'essaie de ne penser à rien. La boule au ventre, je la garde pour la descente du bateau, la remontée du port au centre-ville, la nuit, lumière et bruit partout. La clé dans la serrure, les murs blancs, la table en formica et les volets roulants. Sous l'évier, l'eau de Javel, la soupe réchauffée dans la casserole. J'expire, laisse les pensées rejoindre le brouillard.

Les gorgées de thé tombent dans l'estomac. Le cormoran rit, quelques étages en dessous. Ses plumes sèchent dans le gris. Je pose la casserole sur mes genoux, étends les bras comme lui pour voir. Autour, les autres sont là. Les craves qui zonent près du campement, le pinson à l'accent d'ici. Un rouge-gorge crache des notes humides à travers la lande.

Les lendemains de tempête, tout est au ralenti. L'avion se pose plus tard, le courrier est livré dans l'après-midi, on attend l'approvisionnement à l'épicerie, au bar. Le temps de quelques heures les îliens vont boire du thé, des grogs, fumer des cigarettes. Quand le ciel sera clair ils descendront glaner ce que la houle a ramené, et les plus courageux entreront dans la mer.

Plus bas sur la plage, j'entends craquer le sable. Je reconnais les frottements, le plastique de la combinaison. Le souffle encombré. Elle vient à l'aube, quand la mer le décide. Je remonte la fermeture de ma polaire, frissonne. Le cormoran a pris son envol, la nageuse s'est jetée dans l'eau glacée.

Marielle

Je descends quand la tête est trop pleine. Quand je ne sais pas par quel bord attraper une journée, je jette une serviette dans mon sac et referme la porte du bungalow. Les cheveux encore trempés, j'enfile ma combi, trébuche sur la terrasse, traverse le jardin et passe le portail toujours ouvert. Je n'ai pas encore eu le temps de me réveiller.

Mes pas font toujours trop de bruit sur les graviers de la route. Il fait froid, je suis toute seule avec mes pensées qui se déroulent jusqu'à la mer. Levée tôt et déjà cette colère qui ronge, qui me remplit les paumes, soulève mes omoplates et empêche le souffle de sortir droit. J'ai mangé très vite et me suis échappée de la cuisine, laissé le sourire de Greg. Toujours à table plus tôt que moi, les céréales qu'il jette dans sa bouche, son rire à six heures du matin. Sa tendresse. Toujours, ça me désarme. Dans ma bouche c'est du magma de mots, je n'arrive pas à dire que le taux de syllabes est déjà dépassé, qu'il va falloir attendre l'heure où je pourrai aligner des phrases entre nos bols de lait. Greg passe la tête dans mes cheveux, chatouille mes oreilles, pose son odeur contre la mienne. J'esquive.

Sur le chemin qui descend vers la mer, je me demande pourquoi je ne sais pas aimer comme il aime. Sans réfléchir, le regarder avec cette évidence qu'il porte sur son visage quand il me voit entrer. Cueillir la chaleur qu'il dépose sur mes épaules, m'en faire une couverture, au lieu de mes réflexes de brute, reculer, cogner, se pencher pour mieux encaisser. Ressasser, ressasser, tout reconsidérer. Je veux tendre les bras sans me demander comment c'était hier, ce qu'il y aura demain, comment on fait pour que ça dure. Il construit le château de sable sans en avoir l'air, et je soulève chaque seau pour voir ce qu'il y a dessous.

Les pensées sont un petit moteur qui m'entraîne jusqu'à la plage. Elles brûlent la peau à force de rouler. Arrivée au bord, j'abandonne le sac et entre dans l'eau.

En quelques secondes, l'électrochoc du froid, les milliards de bulles s'agrippent et se collent aux hanches. Tout ce qui est en trop se décroche et tombe au fond de l'eau. Le reste s'arrange, se recompose. D'une main je relève, attache mes boucles, laisse le chignon retomber sur ma nuque. Je plonge. Au fond de l'eau, c'est lourd, c'est doux, le sel se froisse et enveloppe, la couverture se déploie. Mes genoux touchent mon nez, mon corps est ramassé, recroquevillé sur lui-même, la combinaison comme une écorce qui protège du froid. Je garde les yeux fermés et tourne lentement sous la surface.

Quand le corps s'ouvre, les épaules, les yeux, l'eau entre sous les paupières et les bras, les jambes se déploient, immenses. Je vais au bout de mes orteils. Les cheveux qui ondulent échappent à l'élastique. Mes pieds appuient au fond de l'eau, et je progresse, là où la mer est plus large. Je nage et plus personne ne décide, il faut avancer, ne pas s'arrêter. Aller au plus loin. Nager c'est oublier, et souvent je ne sais pas ce que je fais, mes jambes appuient contre le vide, j'avance, c'est comme un rêve, être au milieu de rien, sans accroche, sans endroit où s'arrêter. La rage se transforme en remous, les vagues déferlent et je reste dans le silence bruyant de l'eau.

Et puis il faut respirer, alors je retrouve le sol, j'appuie, remonte au-dehors. Vidée de tout. Plus rien ne pense à l'intérieur, j'ai enfin la place en moi pour regarder autour. Mes jambes arquées retrouvent le sable et le silence. Les algues retombent le long de mes chevilles. Je passe une main dans mes cheveux, échoués sur les épaules. Un chien erre sur la plage, près de l'épave rongée par la rouille. Dans mon dos, la mer commence à redescendre.

Je me souviens de la première fois ici. C'était début septembre. Le vent avait soufflé toute la nuit, et je voulais savoir à quoi ressemblait la mer après la tempête. À tout hasard j'avais pris une serviette et un maillot de bain. Le soleil s'attardait encore sur l'île. Sur le petit sentier qui dévalait les falaises, je me suis arrêtée. Je n'avais jamais vu ça.

La baie était entièrement recouverte de bois flotté. Des planches isolées, des rondins immenses, piles de stères entassées les unes contre les autres. Les oiseaux de rivage piquaient dans les débris, creusaient le sable à la recherche de nourriture. Quelque part au large, un bateau avait déversé sa cargaison dans la mer. Mes sandales à la main je m'étais frayé un chemin entre les amas de bois. De grands traits bruns flottaient dans les vagues, venaient cogner mes pieds. La mer était une forêt de planches.

J'avais abandonné l'idée de me baigner, tourné le dos à l'océan. Mes pieds s'étaient coincés dans un rondin et j'avais manqué de m'étaler sur le sable. Quelqu'un avait ri quelque part sur la plage. Un mec tout seul près de l'épave, des planches plein les bras, les cheveux coincés dans une capuche grise. Il avait ri encore, un grand rire rauque, et j'avais su que je ne repartirais pas.

Maud

La salle sent le propre et la poussière. Les enfants ne sont pas encore arrivés. La bouilloire tressaute, je verse l'eau, respire les feuilles qui se détachent, une à une. Dehors le ciel s'éclaircit à peine.

Toujours en avance à l'école, je laisse les clés sur la porte, dépose ma sacoche au pied du bureau, installe les cahiers en pile nette. Le sol brille, le tableau est lavé, les chaises alignées sous les tables. Les fleurs apportées le premier jour sèchent dans leur bocal. Le long des fenêtres, les pots de yaourt peints à la main, les galets, les empreintes de mains et les dessins punaisés de travers. Tout est là depuis longtemps. Assise sur la chaise, je lisse ma jupe du plat de la main.

Je suis arrivée juste après la rentrée, pour remplacer l'instituteur en congé maladie. La mission devait durer une semaine, je suis toujours là. Ma valise est sous le lit, mes vêtements sur les étagères, la factrice me salue le matin en déposant le courrier.

Les premières voitures se garent devant l'école. Le collègue traverse la cour, ouvre le portail. Certains enfants viennent à pied, seuls ou à plusieurs, cartable sur le dos. Ils se retrouvent en grappe dans la cour, échangent leurs goûters, se racontent les nouvelles d'une petite voix fébrile. La tempête ! la tempête ! j'entends à travers les vitres. Je les sens familiers de ce climat avec lequel je tâtonne encore. Les chemins de l'île, les marées sont inscrits en eux, comme en moi les rues parisiennes.

En ce moment, le temps se presse, les jours raccourcissent, tout file très vite vers le soir. Les enfants rient et je me sens comme eux, parce que c'est vendredi et que ce soir je prends le bateau pour le continent. Marek est arrivé, il m'attend, et ça fait longtemps qu'il n'a pas posé le pied sur le sol de Bretagne.

Les voix se font plus faibles, dehors. Pascal est descendu chercher sa classe. J'abandonne la tasse sur le bureau, replace quelques chaises et vais ouvrir la porte. Le froid d'octobre imprègne la salle. Les enfants montent l'escalier, se bousculent, retrouvent leurs places, accrochent les sacs aux portemanteaux. Je les regarde s'installer. Les joues rougies par l'arrivée du froid, les cheveux électriques, ils jettent les cirés sur les crochets. Les chaussures laissent des chemins humides sur le sol.

Je passe entre les tables, distribue les cahiers. Millie a posé les mains sur son bureau, l'air assuré de celle qui en sait plus que les autres. Elle passera bientôt en classe supérieure. À côté d'elle, Joe ne tient pas en place. On dirait que son corps n'a pas été conçu pour rester assis sur une chaise. Il se balance, se penche vers son frère, Marin, le même visage, les mêmes yeux verts. Marin a cette capacité de se transporter à des kilomètres sans bouger. Je tends un cahier à Soizic, le sourire sous ses lunettes, les barrettes qui tombent de ses cheveux si fins. Elle mordille sa manche, fait tomber un crayon. Soizic a l'air drôle même quand elle ne rit pas. Plus loin, c'est Edwin, ses salopettes velours, le front toujours froncé, ses efforts inquiets pour progresser. Près des portemanteaux, Raph, la plus jeune, ses pieds qui ne touchent pas le sol. Sa voix ne sort pas toujours, ou les mots se bousculent à la suite des autres, ça fait rire tout le monde. Puis elle se tait pendant des heures.

Les matins d'octobre, pas bien réveillée, quand la ville me manque, ils entrent dans la classe bien trop grande pour eux, et j'oublie le reste. Je les regarde vivre. Les premiers jours sur l'île, les conversations qui s'arrêtent à la boulangerie, l'épicière joviale pour les gens du bourg, brusque avec moi, la monnaie rendue.

Je pensais ne dis rien, pas tout de suite. J'observais les autres m'ignorer. Les enfants, non. Les enfants m'ont dit bonjour maîtresse, et se sont assis. Dès le premier jour, ils m'ont acceptée.

Les devoirs corrigés, on range les cahiers, dans les casiers sous les tables, jusqu'à lundi prochain. Le vendredi, c'est jour de promenade, jour des sandwiches mangés dehors près de la mer et de la grande épave couchée sur le sable. L'envie du dehors, c'est ce qui les tient calmes encore une minute. Les cahiers refermés, à peine la sortie annoncée, les manteaux sont déjà enfilés. En grappe devant moi, ils se bousculent dans l'escalier. Je les ralentis, attrape des mains sur leur passage.

En rang deux par deux, je m'amuse de cette file minuscule qui quitte la cour de l'école. Déjà au village, les mains se séparent, et le rang se brouille. La tempête a laissé des traces, et ils comptent les poubelles renversées, les branches cassées dans les rues. Une voisine les salue au passage, remet en place ses pots de fleurs. Devant l'épicerie, la tenancière installe les cagettes de légumes.

Passé l'église, les maisons se font plus rares. Les étourneaux ont leur dortoir sur les fils électriques. Les enfants les imitent, admirent le flegme des moutons, impassibles derrière les clôtures. Je m'étonne qu'ils ne se lassent pas. La promenade est toujours la même, mais leur joie est intacte devant ce qu'ils croisent.

La grande route est humide de pluie. À gauche, le sentier coupe par les champs. Les bottes aux couleurs vives se dispersent dans l'herbe, silhouettes fines dans la lande. Je les laisse sautiller, marcher à cloche-pied, trébucher sur les mottes de terre, les rassemble de la voix. Joe court si vite qu'il bouscule Edwin, qui tombe et se relève, les mains sur les genoux. Millie les réprimande. Martin cueille des brins d'herbe qu'il glisse dans sa bouche. Soizic cherche ses lunettes qui sont dans sa poche, Raph glisse sa main dans la mienne.

Le chemin passe près du vieux lavoir. La fillette s'arrête, lâche mon bras, son ciré jaune devant les ruines. Un oiseau s'est posé sur le mur mangé par la mousse. Passereau à tête noire, écharpe blanche, ventre roux. Le chant est fluet, à peine grinçant, cassette qu'on rembobine. Un tarier pâtre, chuchote Raph, en s'approchant du muret. L'oiseau chante toujours. L'enfant s'est arrêtée près des restes du bassin. Le tarier se tait et personne ne bouge, l'oiseau sur le mur, la fillette aux yeux noirs, calmes et décidés. L'air s'emplit de sa patience.

Un cri derrière nous, et je vois Joe s'enfuir sur le chemin qui file vers les falaises. Laissant les ruines, je me précipite. Ralentis, Joe ! Je m'époumone, Millie en écho. À la hauteur du garçon, je freine sa course, l'attrape par la veste et entoure ses épaules de mes bras. On se calme, Joe, je murmure, et les enfants nous rejoignent, présences diffuses, les petites mains s'agrippent à mon manteau. Je noue les bras entre eux, retiens Joe près de moi, guide Soizic qui regarde par-dessus les verres de ses lunettes. On reste groupés, on ne court pas, j'ordonne en tempérant ma respiration, maintenant ça va descendre un peu, bientôt on arrive à la plage.

Regarde, maîtresse, dit Edwin, la mer n'est plus là.

Tous tournent la tête. Un grand pan de brume arrive de l'océan, s'étend jusqu'au sable, avance lentement. Un chien passe près de l'eau. Le mur blanc se mêle à l'écume, enveloppe les vagues, se propage jusqu'aux restes du bateau abandonné sur la plage. Le brouillard entoure l'épave, traverse les murs de bois et de béton gris, les contours se désagrègent, c'est une masse claire, un écran gris devant les yeux. Serrés contre moi, les enfants observent, étonnamment calmes. Les souffles légers se perdent dans le froissement des cirés. Les uns contre les autres, au bord de la falaise, on regarde la plage disparaître.

Karen

Je vais aller au phare. La salle est vide, les chambres rangées à l'étage, les vélos filent déjà sur les chemins. Je passe un dernier coup de balai sur le lino, essuie le comptoir. Cathy descend l'escalier, son tablier autour de la taille.

Tout va bien là-haut ?
Elle hoche la tête.
J'attrape le tabac dans le tiroir.

Je vais me promener, je reviens à…
Aucune pendule ne marche, de toute façon. Je reviens bientôt, je dis aux murs, aux tables en bois, aux chaises hautes. Appuyée au comptoir, Cathy me regarde rouler une cigarette.
Prends-toi une pause, je dis doucement.

Elle dénoue son tablier, fait tourner entre ses doigts le crayon du livre d'or. Marius se lève, écrase les pantoufles abandonnées sous le comptoir, traîne la patte jusqu'à la porte de l'auberge. Ma main passe dans son pelage fatigué. On va marcher, je dis en refermant mon manteau.

Les prés gonflés de pluie ont viré au brun lorsque j'avais le dos tourné. Bientôt, les derniers ornithologues quitteront l'auberge, rendront les vélos. Novembre arrivera, sa brume constante, et les chambres retrouveront le calme et la poussière. Je cale la cigarette au coin de ma bouche, souffle la fumée vers le phare. Marius rumine, son œil louche sur le sentier. Les quelques saules sont de travers.

Je contourne les marais, des salves d'oiseaux d'eau s'échappent à mon approche. J'agrippe les bords de mon bonnet. Le vent ne disparaît jamais tout à fait. Il rentre dans le jean, remonte jusqu'aux hanches. Marius s'en fout, Marius trottine. Il me snobe. Je vois les rochers, tout droit devant moi, les crêtes abruptes creuser le ciel. Des géants changés en pierre, disait ma mère. Je me dis qu'ils bougent parfois, pendant la nuit, quand ils sont ankylosés. Les nuits d'orage, ils profitent du tonnerre pour faire craquer leurs côtes, rejeter un des leurs à la mer. Je les connais depuis petite, et je garde mes distances. Je sais qu'ils cachent plus qu'ils ne montrent. Des galeries souterraines, des tunnels de granit. Les anciens en parlent parfois, au café, quand ils évoquent les guerres passées. Ils parlent des chemins sous la terre, du réseau de galeries. Ils disent qu'il y a longtemps, on pouvait aller du port aux falaises sans voir le jour.

Je m'arrête à la grille qui entoure le phare. Le portail est ouvert, bardé de ronces. Ma tante est devant la porte, penchée sur un bac à fleurs, ses mains qui creusent la terre, ses bras qui flottent, les taches de rousseur. Les cheveux jetés en arrière. De l'eau coule sur son front. Sa joie appliquée, cet entrain qui m'inquiète, m'a toujours effrayée, même quand j'étais petite. Le sens aigu des gestes et l'oubli de ce corps qui se tord. Ses longues mèches grises, les pointes alourdies, emmêlées, sur les hanches la même robe usée aux manches, reprisée tant de fois. Souvent elle sort comme ça, sans manteau, la robe sur les épaules, un gilet à l'envers, les coutures qui ressortent.

Yuna tasse la terre dans les jardinières, arrose, l'eau coule le long du bac, ses mains pleines de terre retirent les mauvaises herbes, arrachent, rassemblent. Je la vois se pencher, parler entre ses lèvres fines, se retourner, rire. À côté, il n'y a personne. Elle fixe l'air, le désigne du doigt, invective, les mains sur les hanches. Elle tourne le dos et fredonne quelque chose que le vent déforme. Elle s'éloigne, marche entre les pierres fendues, traverse le jardin, s'arrête devant la mer dans sa robe effritée. Ses bras retombent le long de son corps. Je la regarde, belle et dingue. Je ne passe pas le portail, reste à l'épier derrière la grille comme une intruse.

Je sais qu'elle peut rester des heures, à creuser les souterrains de ce qu'elle a été avant la mort du phare. Va lui parler, me dit souvent Cathy. Écoute, elle a des choses à dire. C'est précieux et ça s'éteint, la vie de fille de marin, de sœur du gardien de phare, et puis elle perd la tête, Yuna. Je regarde la mer à travers la grille, à travers sa robe pâle, et comme elle je ploie dans les eaux, la houle qui donne et qui reprend. Je me demande si perdre la tête n'est pas la seule façon de tenir debout, sur ce rocher noir du bout du monde.

Je laisse le phare, ma tante et ses souvenirs, je marche vers les falaises. L'herbe s'interrompt sur la roche. La baie, les criques, les îlots, les récifs, le port à l'autre bout, et la plage qui aveugle, point mouvant près de l'épave. Marius n'est plus là. Toujours quand on sort, il s'en va sans rien dire. Sur le sable quelque part, à rôder près des vieux bateaux. Je reste un moment au-dessus des roches, m'allume une cigarette. Le vent ramène le rire des enfants, quelque part sur d'autres falaises. Ils vont à la plage, tous les vendredis, observer les oiseaux et les coquillages. Une mouette dévale les champs, remonte et surplombe la baie, sa plainte de sorcière s'effile. D'autres répondent, plus loin sur les rochers. J'aimerais crier comme ça pour me faire comprendre.

M'attends pas pour manger, Cathy !
D'accord ! elle dirait par la fenêtre de l'auberge, et les comparses porteraient les cris.

Il y aura peut-être quelques visiteurs à l'auberge, ce soir, descendus tout juste du bateau. Je les aime bien, ceux de l'automne. Moins bruyants, plus solitaires que les estivants. Certains arrivent un week-end de tempête, et passent les heures dans la grande salle, à jouer aux cartes, manger des crêpes, regarder à travers la buée sur les vitres.

La cendre tombe de ma cigarette. Le tabac épaissit l'air autour de moi. Des pans de brume rejoignent la côte, écharpe autour de l'île. Ça descend très vite, en ce moment. Je ne vois plus ni la mer, ni le phare, le sentier derrière, le ciel au-dessus. Seulement l'herbe qui entoure mes bottes. Je souffle la fumée, nourris le brouillard. Plus loin à l'ouest, j'entends la voix d'une femme qui appelle.

Tina

Je n'ai pas vu le brouillard tomber. À l'atelier, les heures passent lentement. Il fait bon, on ne voit rien, pluie, vent, personne ne fait attention. L'odeur du bois, le poids des outils cognés les uns contre les autres, et à la fin un objet tenu entre les mains. C'est ça qui me plaît.

Les cloches sonnent midi au village, et je sors mon sandwich de son papier-alu. Fromage-moutarde, Raph ouvre l'emballage quelque part au même moment. J'ai encore oublié de faire les courses cette semaine, le frigo est vide. Deux sandwiches bâclés en une minute pendant qu'elle s'habillait. J'ai dessiné une mouette au feutre sur le papier-alu, tordue et qui s'efface. La tempête et le brouillard ont empêché l'avion de se poser. Avec un peu de chance, le bateau du soir amènera le ravitaillement.

La brume recouvre tout. C'est rarement aussi épais. Je ne vois que mes chaussures, l'herbe et la terre autour, le sandwich sur mes genoux. Autour tout est bouché, la cour, le puits, les massifs de fleurs, la grande maison de pierre au fond du jardin. Même les marches s'effacent, la terrasse, le mur de l'atelier, le combi de Greg garé près de la porte. J'entends la girouette grincer sur le toit. Fromage-moutarde. C'est pas mal finalement. Avec cette brume ils ne sont sûrement pas allés à la plage.

La porte de l'atelier racle contre le sol, et les bottes de Greg me rejoignent sur les marches. Il frissonne dans son pull.
Qu'est-ce que tu fous dehors, t'as vu comme il caille ?

Je profite de la vue.

Il secoue la tête. De la vapeur s'échappe du tupperware qu'il dépose sur les marches.
Tiens, ton écuelle.
Dedans des légumes gratinés mélangés aux noix.
J'ai déjà à manger, Greg, je proteste.
Sandwich quatre fromages ? il dit en rigolant. On n'est pas sur le continent ici, t'as le droit de te nourrir.

Je regarde ses bottes imbibées de pluie.
Et toi, t'es pas un peu vieux pour les plats de ta mère ?
Ah ça, il dit. Il s'assoit près de moi.

On regarde le rien. J'entends les craves survoler la maison, l'écho de leurs appels. Je roule le papier-alu, le garde entre les mains, le froissement se propage dans le brouillard.
Tu crois que ça va se lever ? je demande à Greg.
Il hausse les épaules.
Difficile à dire. Peut-être dans une minute, peut-être dans trois heures.

La vapeur ne tourne plus autour du tupperware. J'attrape la fourchette, commence à manger. Il a raison, c'est meilleur que le sandwich. Greg s'éloigne pour fumer, son pull trop large raccommodé aux coudes. Je croise les jambes, dépose le tupperware vide sur les marches. Le vendredi, c'est toujours calme. Pas de commandes, et la pause s'étire après le repas. S'il fait beau, Greg s'installe sur la terrasse, s'endort assis droit contre le mur, je regarde les vélos passer sur la route. Quand la pluie nous chasse on va s'installer dans un coin du hangar, quelqu'un met un disque dans la chaîne hi-fi, on se remet au travail.

Pierre est parti avec la remorque sur le versant est. Quand son père n'est pas là, Greg prend son temps. Je vais terminer de poncer le socle d'une lampe, la repeindre du bleu indigo trouvé au fond de l'atelier. La forme plairait à Raph. Greg écrase sa clope à l'autre bout du jardin.
J'y retourne, il me dit en montant les marches.

J'arrive.
Je traîne encore un peu, les craves ont déserté le toit, une alouette chante dans le champ voisin. Un moteur remonte la route, grimpe vers la maison, j'entends les hoquets des cahots dans les graviers.

Marielle ?

Greg sort la tête de la porte de l'atelier. Je reconnais les sursauts de la Clio verte. La voiture se gare près de l'atelier, les pneus éraflent la pelouse. La lumière est plus forte, et je me rends compte que le brouillard s'est levé.

Un collant s'accroche à la marche trop haute, la portière claque. Ses baskets toutes fines, le ciré impeccable, l'institutrice glisse les clés dans sa poche.
Ça va ? demande Greg.

Maud fait quelque pas vers moi, les joues roses, son air de fleur froissée.

Maud

Le portable crisse dans ma poche. Cinq appels manqués. *Marek, ne m'attends pas ce soir, je te rappelle.* Il s'est mis à pleuvoir, une bruine épaisse qui ne faiblit pas.

Les yeux de Tina quand je suis sortie de la voiture devant l'atelier. Greg, la maison, le papier perdu dans ses mains, elle et moi devant la portière. L'alu brillait au soleil. On y va, elle a dit. Il m'a semblé qu'il n'y avait rien d'autre à faire que de la suivre, et je suis montée dans la Clio. Assise au volant, Tina a tendu la main, j'ai posé les clés dans sa paume. Les portières fermées, elle a appuyé sur toutes les pédales et la voiture a bondi sur le chemin. Greg rapetissait dans le rétroviseur.

Mes genoux contre la boîte à gants. Le brouillard est tombé, on distingue tout, les champs, les haies, les saules assouplis, la bordure des maisons, les toits du village. Sur la route, les cyclistes s'écartent pour éviter la voiture. Je reconnais le lavoir, les ruines. C'est là, je dis, et la voiture se gare dans le fossé. Le soleil traverse la bruine, descend sur les pierres, les bruyères. Montre-moi où vous êtes passés, demande Tina.

Lentement on longe les prés, le regard au sol, j'essaye de me souvenir, qui était devant, qui marchait plus vite. Joe évidemment, les autres suivaient, les autres devaient suivre, leurs voix sur le chemin, les mains autour des miennes. Tina s'arrête près des ruines, tourne autour, s'accroupit dans la terre. Elle sort son téléphone, l'écran fissuré, passe la main dessus pour le déverrouiller, recommence, essuie le téléphone sur sa cuisse. Putain de pluie, elle dit. Je la regarde enjamber le muret, soulever les semelles pour ne rien piétiner. Le flash de l'appareil éclaire la mousse. Elle éteint son portable, le jette au fond de sa poche. Et après ? elle demande.

Je lui montre le sentier. Elle inspecte une dernière fois les ruines, puis passe devant moi. Elle marche droit vers les falaises. Dans le crachin qui s'épaissit, je peine à la suivre. Je repère ses boucles humides dans sa nuque, le pouce qui gratte son index sous la manche du ciré.

Arrivée au bord, je la retiens par la manche, je lui dis c'est là qu'on a rebroussé chemin. Elle s'arrête. Les gouttes traversent ses cheveux. J'étais avec les enfants, je commence, et le brouillard est arrivé. Tout à coup c'est devenu impossible de voir où on allait, on ne pouvait plus avancer, alors je leur ai dit qu'on rentrait à l'école. C'est là que je me suis rendu compte que Raph n'était plus avec nous. J'ai commencé à appeler, et les enfants aussi. Elle ne répondait pas. On a fait demi-tour, on est retournés au lavoir, elle n'y était plus.

Ma voix, une plainte. Je la ravale. Tina s'est tournée vers les champs, son regard casse la lande. Elle écrase les brins d'herbe sous ses chaussures. Je n'ose plus la regarder. Le silence s'épaissit, quelque chose bourdonne dans mes tympans. Je regarde en bas, le sable si clair, un chien qui passe près de l'épave. À quelques pas de moi, Tina s'est mise à parler au téléphone, je l'entends traverser le sentier, s'éloigner, se rapprocher de moi. Finalement elle raccroche, me rejoint, sa capuche rabattue sur la tête. Reste là, Maud, continue de chercher ici. Moi je descends sur la plage.

Je l'entends partir, dévaler le sentier, ses pas si rapides bientôt hors d'atteinte. Je ne peux plus bouger. Je reste engluée au bord des rochers. Je cherche le chien, sur la plage, en bas, et il n'y a plus personne. Je me demande combien de pas il faut pour tomber de la falaise. Combien de minutes il faut pour se noyer. Je n'arrive plus à avaler ma salive. Tina est déjà sur la plage, minuscule, la distance se réduit jusqu'à l'épave. Je ne distingue pas son visage. D'autres gens descendent, maintenant, des K-Way de toutes les couleurs. J'entends les appels. Son prénom – Raph !

Je dois retourner aux ruines, vérifier qu'elle n'y est pas, quelque part, cachée dans les bruyères, recroquevillée dans un fossé. Je ne peux pas bouger. Mon corps entier s'est mis à trembler.

Maud, ça va ?

Pierre et Greg avancent d'un même pas, épaules tombantes, père et fils au-dessus des falaises. Les cheveux roux et gris, visages préoccupés. Pierre me tend un thermos, je bois, un filet noir coule le long de mon menton. Tu as froid. Je secoue la tête. Des poches de sa veste, il sort une paire de gants. Mes doigts trouvent leur place dans les creux de la laine. Plus loin les voitures se garent, sur le parking de la plage. La mairie est prévenue, explique Greg, ceux qui le peuvent nous ont rejoints pour chercher. Tu as vu Tina ?

Elle est descendue, je dis. Greg regarde la plage, un sourcil remonte haut sur son front. Sûrement dans l'épave, souffle-t-il. Raph y va souvent, pour jouer. À l'intérieur, c'est immense. Elles ont un jeu avec Tina, la petite se cache et sa mère la cherche. Elle est peut-être descendue, tout à l'heure, elle connaît les sentiers, même avec le brouillard elle pourrait avoir pris un raccourci, être allée sur la plage pour attendre sa mère dans l'épave. Ne t'inquiète pas.

Je serre les mailles des gants. En bas, les gens sont plus nombreux. Les échassiers se dispersent entre les flaques. C'est déjà arrivé ? je demande à Greg.

La question passe dans les plis de son front. Il y a eu des accidents, souffle-t-il. C'est rare, mais ça arrive. Des touristes, le plus souvent, qui ne connaissent pas le brouillard.

Tina

Je n'ai jamais eu aussi froid.

T'as pas froid, toi ? c'est la phrase de Pierre, de Greg, qu'ils répètent tout le temps, la main sur mon épaule, les yeux prêts à rire parce qu'ils savent que dans cinq minutes je vais demander un pull, une écharpe, le bonnet qu'ils poseront sur ma tête sans me demander de comptes. Tina l'oignon, dit Marielle.

Des couches et des couches, les pulls les uns sur les autres, et toujours la sensation d'être dehors, sous les poutres de l'atelier, à la lumière du poêle, abritée sous le K-Way. Le frisson qui s'invite, qui passe sous la porte même en plein été, la bataille quotidienne pour trouver la chaleur, c'est pour ça que je suis venue m'installer ici. J'attendais la rudesse, je la voulais, les premiers jours je promenais mon ventre dans l'hiver, les mains posées dessus, et je pensais à elle, qui n'avait pas de prénom, je l'appelais la petite fille du froid.

Aujourd'hui c'est différent. Au moment où Maud est arrivée, s'est avancée, ses yeux cherchant une issue dans le sol, j'ai compris que ça n'allait pas. Elle a parlé de Raph, dit quelque chose que je n'ai pas compris, je l'ai fait répéter, deux fois, je me suis mise à grelotter. Dans la voiture, chauffage à fond, buée sur les vitres, la sueur traversait ma polaire. Je me sentais sale, fébrile. Il a fallu se garer près des ruines, sortir et marcher, pilote automatique, je ne sais pas ce qui me fait avancer mais je dois piétiner, encore, tout retourner du regard.

J'ai laissé l'institutrice sur la falaise, je dévale le sentier jusqu'à la plage, dévisage le sol et je ne vois rien, la bruine fait une couche pâle sur mon visage. Vissé à la plage, le bloc de béton est lourd au-dessus de moi, carcasse d'algues et de coques noircies. Les murs sont troués à l'intérieur, et mes pieds butent contre les bouteilles vides, les canettes éventrées. À la lumière du portable, je devine les dessins sur les murs, les dates, les initiales. J'enjambe les trous dans la vase, avance entre les ornières, m'arrête pour m'écouter. Quelque chose est tombé au fond du bateau, écho contre la coque. Je me baisse pour passer entre les planches.

La première fois, Raph devait avoir cinq ans. On allait à la mer presque tous les jours en rentrant de l'école.

Elle tendait les bras, courait vers les vagues, et je riais de voir ses jambes s'agiter dans les bottes, les cheveux sortir de sa capuche. Après avoir joué, elle s'asseyait sur un banc de sable, creusait avec sa pelle, poursuivait les puces de mer. La tête dans un livre, j'écoutais d'une oreille son bruissement concentré, les chansons qu'elle inventait. Un après-midi, j'avais levé les yeux et m'étais retournée sur une plage vide.

J'avais lâché mon livre, m'étais levée d'une traite. Les traces de pas d'enfant menaient jusqu'à l'épave. Je m'étais frayé un chemin à l'avant de la coque, m'éclairant au briquet, repoussant les algues qui retombaient devant mon visage. Raph était dans un coin, assise contre une caisse abîmée, elle posait des coquillages sur le bois rongé. Je m'étais accroupie près d'elle. La flamme tremblait dans ma main, je me disais – mauvaise mère, et puis en m'approchant j'ai compris qu'elle n'avait pas peur.

Puis c'est devenu une sorte de rituel. Certains après-midi, Raph disparaît sans prévenir. Je la retrouve, toujours plus loin dans le bateau, elle m'attend. On s'assoit sur un morceau de bois, on prend le goûter dans l'épave, je lui raconte des histoires de l'île, celles qu'on m'a racontées, et puis j'en invente. En grandissant, Raph a pris l'habitude d'aller se cacher les mauvais jours, les jours où ça ne va pas à l'école, les jours où on se dispute. Je la laisse mariner et puis je la rejoins, m'installe dans son silence. On se parle dans le noir et c'est plus facile de se retrouver.

Il fait si froid dans l'épave. J'entends les habitants appeler dehors, la mer répondre. Je reconnais les casiers de pêcheurs, les bombes de peinture sur le sol, les pans de murs arrachés, chaque pièce me ramène aux histoires racontées. Celle du phoque sauvé par le gardien de phare, les grives piégées par la lampe, les naufrages, échouages massifs, et toutes ces bottes en caoutchouc retrouvées sur la grève. Raph en colère contre le château raté, le sable qui ne tient pas. Raph épuisée par le premier jour d'école. Raph dévastée par les œufs de gravelots piétinés. Raph. Je l'appelle moi aussi. Je suis déjà trop loin dans le bateau, elle n'est jamais venue ici, la mer peut remonter, infiltrer les flancs de la coque, elle le sait. Quelque chose roule sous ma chaussure. Je me penche.

Dans ma main un vieux briquet aux bords abîmés. Je suis déjà venue jusqu'ici, la première semaine sur l'île, quand je ne dormais pas. J'avais colmaté les issues dans la maison des courants d'air, roulé les plaids sous les portes. J'entendais le vent, tout le temps. Le jour la nuit, dehors, dedans, le vent en permanence. Je m'étais mise à arpenter l'île, pour m'épuiser et trouver le sommeil.

Un matin, très tôt, j'étais entrée dans l'épave. Je ne savais pas quoi y faire, juste ne plus rien voir de l'île et de son bruit. J'étais arrivée aux limites de la coque, les arches immenses et tout ce vide derrière moi. Les larmes s'étaient mises à couler, toutes seules, parce que le vent était là, filet aigrelet accroché aux murs. Il m'avait retrouvée au fond du bateau. Il sonnait comme un souffle, une complainte sourde. J'avais pensé aux chants que les marins chantaient sur le port parfois, à l'arrivée du bateau, je m'étais mise à fredonner un air qui disait *je suis né… je suis né au milieu de la mer.* Ma voix avait recouvert le reste, et entre deux couplets, quelque chose avait bougé dans mon ventre.

Marielle

Je n'arrive pas à détacher mes jambes du banc de la cantine. L'odeur s'attarde, poisson, pâtes trop cuites, beurre qui coule le long des murs. Le mal de ventre, ça fait trois jours, ça ne passe pas. Je me redresse. Le balai est appuyé contre le banc, le seau, la serpillière, les bulles délayent la surface de l'eau. La salle est propre, mais jamais je n'arrive, même en frottant, à décoller l'odeur des tables, cette bouillie de l'enfance qui me dégoûte un peu.

Ils sont revenus à midi moins dix. Les enfants trempés, Maud pâle et violette, fraîche dans son angoisse. L'un après l'autre, ils ont pris leur place autour de la table, déballé les pique-niques. Maud passait des appels, raccrochait, composait d'autres numéros, je dois prévenir Tina, elle a pensé à haute voix, elle a regardé autour d'elle, les murs, le sol. Prends ma voiture, je lui ai proposé, tu la ramèneras plus tard. Elle a hoché la tête un peu trop longtemps, a dit au revoir aux enfants, puis elle est partie et tout le monde s'est mis à parler. J'ai demandé le silence, servi des chocolats et fait chauffer les restes. Les parents sont arrivés après, la cantine s'est vidée, je suis restée seule dans le réfectoire.

Je me suis assise sous les portemanteaux. La pluie a repris, plus forte que tout à l'heure. Le parking est vide, les parents sont partis là-bas sur la lande, aider Tina, Maud et Greg. Aucune nouvelle de lui. D'habitude il envoie plusieurs messages par jour, brefs mais réguliers comme les heures.

Bon appétit.
Les vagues sont belles.
Je vais rentrer.
J'ai pris du pain.

Greg se réjouit de tout, garde les souvenirs dans les plis sous les yeux, les ruses qui patientent au fond de ses joues. Son rire est partout. Parfois c'est trop pour moi, un peu trop de lui, j'ai besoin de temps pour me relever, marcher, nager seule loin du bord.

Sa joie quand je lui ai dit j'ai un retard de trois jours. Je n'ai pas mes règles, Greg. Sa joie sans soucis, accueillante. Il l'attendait. Je le répétais, et la joie grandissait dans le salon cuisine trop petit pour deux. Alors ça y est, il a dit, rayonnant sur le canapé. Ça y est quoi, pas ça y est, rien n'y est, rien n'est nulle part. J'ai eu envie de retourner nager.

Tant que je ne sais pas, ça n'existe pas. Je le range profond à l'intérieur, c'est ça l'astuce. Au fond d'un tiroir, sous le lit comme les chaussettes sales, on verra plus tard. Je repense à Maud, débarquant dans la classe. Droite, frigorifiée, les mains sous le pull, l'allure impeccable quand le seul critère de style ici, c'est la survie. Quelque chose coinçait. Je ne sais plus si elle l'a dit, en un sens ce n'était pas la peine, ça suintait par tous les pores de sa peau, on l'entendait en boucle. Raph a disparu.

La pluie frappe les vitres à l'horizontale. Je laisse le seau, le balai, l'eau grise, remonte la fermeture, abaisse le bonnet. Le village est désert.

Alma

Le bateau arrive dans une heure. Je descends au port par l'ouest, avance sur la route qui contourne les falaises. La cape recouvre le sac, les épaules, j'y vois à peine. C'est plus facile pour dire au revoir. Autour la voile enfle, se tord, recouvre mes gestes. J'attrape les bords, je fais des nœuds, petits nœuds solides aux extrémités.

Le vent me chasse dans le fossé, la boue se plaque à mes semelles, les voitures passent, phares allumés, nombreuses. J'ai dépassé le parking entouré de rondins, près du sentier qui va vers la plage. Ils étaient plein à se garer, claquer les portières, rester sous la pluie. Ils ne descendent pas, ne vont pas vers la mer, ils traversent les champs, se rejoignent, se quittent. Je vois à travers les gouttes les cirés fluorescents, je les entends. Ce sont les habitants, je connais leur accent, ces mots qu'on traîne le long des côtes.

Dans l'autre fossé, capuche rabattue, poussant contre le vent, un K-Way bleu descend jusqu'aux genoux. Quelqu'un remonte la route dans ma direction. Elle arrive du village, va vers les falaises. Les boucles claires s'échappent du bonnet plaqué sur le front. La pluie n'est pas un problème. Je la reconnais, la nageuse de l'aube. Elle gravit la pente jusqu'au sommet. La pluie avale ses épaules.

J'ai passé les falaises, la route s'étire, arquée jusqu'au port. La mer s'est fait acier. Les mats oscillent le long du quai. Les vieux habitent ici, les marins ne pêchent plus, tous ont les mains rongées par le sel. L'enseigne se balance devant le café. Ma table est près de la fenêtre, je cale mon sac entre les chaises. La patronne passe l'éponge sur le bois collant, jette un œil derrière la vitre. Deux policiers traversent le port. Le bruit du percolateur recouvre leur conversation. Sur mes pieds un chien se couche, apathique, le pelage emmêlé. Au comptoir, un habitué déplie le journal.

Je bois mon café à petites gorgées. Sur le quai dehors, deux touristes attendent le bateau, leurs valises empilées les unes sur les autres. Dis, Martine, c'est le journal d'hier, constate l'homme assis au comptoir. L'avion n'est pas passé, réplique la patronne en essuyant les verres. Pas de livraison ce matin. Le téléphone sonne dans la réserve, et elle tire le rideau pour aller répondre. Sous ma table, le chien s'est endormi.

Bientôt onze heures, l'heure des premiers Picon bières. D'habitude, il y a du passage. Ça joue aux cartes, ça trinque, ça vient aux nouvelles. Ça cause de tout, les marées le bateau la pêche, la tête des uns, le corps des autres. Celui-ci ne descend plus, sa jambe lui fait mal. Un autre n'a pas retrouvé ses casiers. Dédé l'asthmatique ça va, ça va toujours, il s'accommode de tout. Suzanne reçoit ses petits-enfants, les emmène à la plage. Yuna, combien de temps qu'on ne l'a pas vue, je compte plus, elle venait avant, descendait au port, eh dis donc, ton avant c'est pas hier, ça fait bien dix ans qu'elle reste au phare, au moins depuis la mort de son frère.

Je peux entendre la respiration lourde du chien près de mes pieds. Le café avalé, une hirondelle nage au fond de ma tasse. Quelqu'un pousse la porte, un homme à bonnet s'installe au comptoir, Martine pousse vers lui un paquet de cigarettes. Le téléphone sonne à nouveau dans la réserve. Où sont les autres ? demande l'homme. Ils sont partis pour les recherches, répond la patronne. Il la fixe sans comprendre.

L'habitué lève les yeux de son journal, replie ses lunettes qu'il pose devant lui. Sa voix est lente et rocailleuse. T'as pas entendu les nouvelles ? L'autre fait non de la tête.
La petite de Tina a disparu.

Lili

Les pieds qui pendent au-dessus du vide, j'écoute le bruit du moteur, le bateau trace sa route sur les vagues qui fuient à son approche. La mer est *glaz*, c'est le mot qu'on dit ici, quand elle n'est pas tout à fait bleue, pas tout à fait verte, que l'œil se perd dans les remous.

L'eau brille en dessous, et l'île au loin, pluvieuse, ne fait jamais les choses comme tout le monde. Tous mes cheveux ont glissé d'un côté. L'ombre des goélands passe sur le pont, ils suivent les bateaux, guettent les retours de pêche. Petite, je les regardais voler le pique-nique des touristes, je ne disais rien, j'étais leur complice.

Je laisse tomber un bras le long de la rambarde. Sur le bateau je ne suis nulle part et c'est mon endroit préféré. D'autres jeunes sont montés sur le pont avec leurs valises, on fait semblant de ne pas se connaître parce que ça fait longtemps que personne ne se voit plus, ça serait bizarre de se parler.

Je remets les écouteurs, dans mes oreilles le cri des mouettes s'estompe. Ma tête se pose contre la rambarde *tous les oiseaux tous les bateaux* et dans mes jambes monte une fatigue étrange. *Tous les soleils*, c'est la chanson du retour, je la connais par cœur mais retourner au milieu de la mer on ne s'y habitue pas, ça fait toujours quelque chose à l'intérieur. *Ne pleure pas, petite fille.* Depuis ce matin je sens mon ventre qui me fait mal, et le dos raide comme le lit de l'internat. *Je t'ai trouvée dans cette rue*, c'est le père qui chantait ça, dans le jardin en été, et je pensais qu'il disait ça pour moi, j'ai toujours cru que je n'étais pas d'ici, qu'il m'avait trouvée quelque part en allant pêcher.

Le bruit des villes le nom des îles. Le port est dans la lumière, des gens sont attroupés sur le quai, des voitures. Je reconnais le Kangoo de la mère, jaune, garé sur le côté. Il y a beaucoup de monde aujourd'hui. La musique monte d'un cran, je regarde derrière toute l'eau qu'on a laissée, quand je reviens j'ai toujours l'impression d'oublier quelque chose. *Quand l'océan n'est pas encore un paysage.* Je ne suis pas triste, c'est la musique peut-être, c'est ça d'écouter des chansons de vieux, ça rend mélancolique. On avance vers le port, je rabats ma capuche, les gens sont rassemblés, la corde lancée, le bruit du bateau qui atteint le quai. J'ai envie d'être à la maison tout de suite, envie d'être dans mon lit et le mal de ventre appuie vers le bas, c'est bizarre, personne ne descend du bateau.

Dans l'escalier ça traîne, dépêchez-vous j'aimerais rentrer, j'appuie sur les écouteurs, remets la chanson à zéro *tous les bateaux tous les oiseaux, tous les soleils.* J'ai du mal à me dire ici c'est chez moi, c'est vraiment petit, plus on s'approche plus ça rétrécit. Enfant, je passais mon temps à me perdre, la mère sur mes talons. Je vois les jumeaux, Marin et Joe, penchés sur le ponton, personne ne bouge, personne ne parle, il se passe quoi. *Toutes les choses qui t'émerveillent.* Je suis penchée sur la rambarde, la mère m'a vue, elle a sa tête des jours de crise, rien qui ne change mais j'ai appris à la connaître.

Les fruits d'or et les abeilles. La porte s'ouvre en bas, quelqu'un déplie les marches, ça sort enfin, des hommes, dix, vingt, c'est la police et sur le quai il y en a d'autres, qui les rejoignent, et la camionnette bleu et blanc est garée près du Kangoo. Un essaim de policiers, les goélands leur tournent autour.

Je suis montée la première sur le bateau, je n'avais pas vu ; par réflexe mes mains se sont mises toutes seules dans mes poches, un ticket de bus, des centimes. *Petite fille de ma rue.* Autour de moi, les autres se sont rapprochés, on s'accroche à nos valises, qu'est-ce qu'ils foutent là. L'escalier, la salle du bas qui sent le chaud, le parfum d'homme, un pied sur le quai. *Toutes les choses qui t'émerveillent.* Ils laissent passer, ils s'écartent, les valises font du bruit sur les pavés, ils restent, ils font barrage, personne ne monte sur le bateau.

Les jumeaux attendent à l'écart, ils se collent à ma valise, la mère m'attrape le bras ça me gêne. *L'île au trésor et les grands bals sous les étoiles.* On est montés dans la voiture, la porte coulisse, les autres s'éloignent, tous sur le quai, les policiers, les autres, les écouteurs glissent l'un après l'autre, la pluie recommence à tomber, la mère s'est mise à parler mais je n'entends pas.

Karen

Les flaques au fond de mes chaussures remuent à chacun de mes pas. Comme d'habitude, j'ai marché plus loin que prévu. Je me dis toujours jusqu'à la plage, et je finis par me retrouver au port. Je dis je rentre vite, et quatre heures plus tard je suis encore à l'autre bout de l'île. Cathy le sait, elle ne dit rien, ça marche comme ça. Elle aussi aime se retrouver seule, les après-midi quand il n'y a personne à l'auberge. Elle sort ses pinceaux, dessine, prend des photos autour des marécages qu'elle punaise sur les murs de la chambre. Une grenouille, un gant oublié, des empreintes de pattes dans la terre. Souvent je me dis que son esprit est pareil, des trouvailles, des vignettes qu'elle accroche autour d'elle. Il faut les étaler devant soi, les assembler pour comprendre quelque chose.

Marius n'est pas au port. C'est ici que je le retrouve parfois, caché dans les jambes de ceux qui attendent le bateau.

De loin je vois Martine à la porte du café, campée sur ses chevilles épaisses, un torchon à la main. Elle regarde les gens massés sur le quai. Il y a du monde aujourd'hui pour aider, le ravitaillement arrive avec le bateau et il faut du renfort pour apporter les caisses au village.

L'attroupement se déforme comme les nuées d'oiseaux qui s'effilent et fondent, les pointes jaillissent et replongent, avalées par la masse. Devant le bateau quelque chose enfle, et quelqu'un s'extirpe, tiré, repoussé, je la reconnais. La femme au sac à dos. Je ne sais pas son nom. Ils lui font face, les autres, le groupe, et je me rends compte qu'ils portent des uniformes. Les mains croisées sur la poitrine, ils ne bougent pas. La femme avance, tête en avant. Quelqu'un l'attrape par le bras, elle s'en arrache.

Je traverse la place, longe les canots alignés sur le côté. Une voiture de police est garée au bout du parking. Je pousse la porte du café. À l'intérieur il fait chaud, le beurre et le tabac gouttent des murs. Martine pousse une tasse vers moi sur le comptoir. Je la toise. C'est quoi tous ces flics ?

Elle pince les lèvres. Tu sais pas pour la petite ? J'attrape la tasse. L'instit a amené promener les jeunes ce matin. La gamine de Tina s'est perdue dans le brouillard, tout le monde la cherche. Ça fait des heures. Son regard se perd par la fenêtre. Ils vont interroger tout le monde.

J'avale le café, pose les pièces sur le comptoir et sors. Une portière se referme sur le parking. Devant moi, la voiture d'Aurore recule. Les visages des jumeaux, joues collées à la vitre, Lili à l'avant ne tourne pas la tête. Les mains sur le volant, Aurore me fait un signe à travers le pare-brise – on s'appelle. L'eau gicle sous les roues, le Kangoo remonte vers le village.

Je prends le raccourci pour rentrer plus vite, pour éviter la lande, les flics, les habitants. La police est peut-être à l'auberge sur la terrasse, à piétiner entre les tables, couvrir de taches le linoléum. Cathy n'a pas de portable, moi non plus. Il faut fermer les yeux pour savoir où est l'autre, se concentrer et le sentir. Je marche trop vite et une douleur me passe dans les jambes, juste avant de rentrer dans les terres. Je fouille dans mes poches, allume une cigarette. En bas, sous mes pieds, la petite crique déserte.

La fumée disparaît avant de toucher terre. Ils vont interroger tout le monde. Ils fouilleront les poches, les tiroirs, mes paquets de tabac, les photos de Cathy. Ils parleront aux hôtes, iront les voir un par un, les bavards, les gentils, les dormeurs, ils trouveront le bizarre du lot, celui qui n'est pas net, celui qui ne range pas sa brosse à dents comme les autres, fume à l'envers, étale le beurre sur la confiture.

Tina bronzée, ses cheveux noirs, la gamine à son bras, les petites bottes jaunes. Quand elles passent ici, elles s'arrêtent prendre un café, manger une crêpe. Raph les joues rouges se cache sous les tables, marche au milieu des jambes, regarde par la fenêtre. Tina sort fumer une clope invisible, souffle en même temps que moi, elle m'interroge, cette plante qu'est-ce que c'est, je lui apprends le nom des oiseaux.

Les vanneaux descendent se poser dans la crique. Les risées traversent l'eau, filets troubles, la mer respire, enfle quand j'aspire, que mon ventre se gonfle, se creuse quand je souffle l'air de ma cigarette. Mes yeux se perdent dans la houle. Je me demande où est la femme au sac à dos, qui ne vient jamais dormir à l'auberge. L'ombre du phare descend sur les rochers. Je me souviens de la lumière, quand mon oncle était le gardien. Avec ma mère on passait dire bonjour, puis on descendait le sentier. Ma mère aimait la crique parce qu'il n'y avait personne. Elle ne savait pas nager. Elle m'apprenait à épingler ma serviette sur la plage, un galet à chaque coin.

Ce que je préférais, c'était entrer et sortir de la mer. Avancer chevilles nues, le soleil sur la nuque, la fraîcheur autour des mollets, des hanches, le fauteuil moelleux de l'eau. Remonter les cheveux pleins de sel, les gouttes sur les cuisses, la sécheresse du sable, le sol accidenté. Je faisais ça pendant des heures, de l'un à l'autre sans me lasser. Ma peau fonçait dès les premiers rayons. Une petite Indienne, disait ma mère.

Les vanneaux s'envolent, en bas dans la crique, un caillou dévale l'amas de rochers. J'écrase ma cigarette, laisse refroidir le mégot, le glisse dans ma poche.

Yuna

La petite fille aux cheveux clairs court dans la crique, ses bottes laissent à peine une empreinte dans le sable. Le soleil s'éteint de l'autre côté de la mer.

C'est une crique où personne ne va, coincée entre les rochers. Sa mère descend parfois le long du sentier, ramasser les goémons. On rentrera quand la nuit tombera, que les ombres fidèles avanceront sur le sol, jusqu'au pied de la maison, le mouton cuira sous la tourbe, le fumet nourrira la terre. Les mains de la fillette s'accrochent aux fissures, la peau des pouces, les coudes retombent le long du ventre, les bottes se coincent et se libèrent.

Une jambe puis l'autre au sommet, elle se déplie, en équilibre, les bras se délestent des rochers. La capuche collée à la nuque, elle s'appuie contre le vent, tourne vers le bas son visage froissé, ses joues gonflées. Les yeux noirs happent la plage. Elle se jette.

Le ciré gonfle, les cheveux retiennent l'air, les pieds heurtent les flaques, roulent sur les coquilles, les vanneaux affolés s'envolent. Elle rit, effrayée presque de retrouver le sol, l'écume qui borde le haut des bottes. Ses yeux remontent le rocher jusqu'à la pointe. Elle y était, juste avant, c'est si haut, si lointain, elle peut toucher le sommet des yeux, la roche encore entre ses pieds, les semelles fondent dans le sable mou, la paroi la protège du vent, il faut retrouver ce qu'il y a là-haut, il faut remonter.

Elle ramasse ses cheveux, les glisse dans les creux, derrière chaque oreille. Elle grimpe, encore, plus vite cette fois, elle connaît les crevasses, les endroits où ça glisse, les pierres les plus solides. Les morceaux de roche restent dans ses paumes, ça dégringole autour, mais elle y est, elle est en haut, une nouvelle fois. Rien ne tremble ici. Elle regarde derrière, le sable sans les traces, accroche l'horizon, la capuche qui retombe. Elle saute. En bas c'est plus rapide encore, l'eau lui fait une peau, recouvre les jambes, les genoux. Un chien passe, long et brun sur le bord de la plage.

Il faut qu'elle remonte, le ciel est trop loin, encore grimper, encore, regarder le vide, les vagues, encore sauter au bas des rochers et au premier contact des pieds sur le sol, l'envie de remonter, de tomber plus bas. Perdre la mémoire du sommet et du sol, perdre la mémoire du haut et du bas, du jour et de la nuit, de la faim, la soif. La mémoire des autres qui attendent au-dessus de la plage, dans les murs de la maison sous le phare. Yuna.

La mère l'appelle. L'ombre du phare sur le sable de la crique. La maison, le mouton dans la terre, les filets de salive descendent sur les visages, Yuna, il faut rentrer. La voix de sa mère dans le dos remonte les vertèbres une à une. Sa mère, qui ramène la mémoire des heures, de la poussière qui s'accumule chaque jour au coin des murs, il faut la chasser à grands coups de balai, les bols, les assiettes, laver, tout attraper, verser dans l'eau bouillante le cube de savon. Yuna, il faut rentrer, on ne peut pas rester avec ses pensées tout le jour.

La mère retient les murs de la maison basse, sort la viande du centre de la terre, donne les meilleurs morceaux, se prive pour chacun, ne garde rien pour elle. La mère ouvre ses côtes et chacun se nourrit, elle ne maigrit pas, il en reste toujours, toujours pour les autres. Je ne veux pas être ma mère. Je veux être le vent, le vanneau qui monte, qui oublie la peur, se pose et gratte le sol, je veux être le sable couvert par les eaux, la roche qui s'effrite, le caillou qui tombe au fond de mes poches. Le fond, où personne n'est allé, le cœur sombre de l'eau. Yuna, il faut rentrer maintenant, la nuit tombe, les âmes montent du sol.

La voix m'attrape par la nuque. Elle est debout, plus haut, elle surplombe la baie. La peau grêle et sombre, des cernes aux yeux, la bouche cousue dans son visage serré. Le long tricot descend jusqu'aux genoux, les cheveux courts s'échappent, noirs. Dans les orbites, les yeux creusés par la mer, la question sans réponse. Elle appelle et je me rends compte que ce n'est pas ma mère.

C'est une autre. Ses yeux passent à travers, regardent sans me voir. Ils cherchent quelqu'un, ils scrutent le sable, qui s'écoule sous la roche. Les yeux retournent toutes les pierres. Je lui réponds, elle n'entend pas, celle qu'elle cherche n'est pas ici. Je connais cette femme, ce n'est pas ma mère mais je sais d'avant ce visage qui redoute, le visage qui craint que le corps chaud, celui qu'il connaît bien, fils, ami, amant, amante, sœur, fille, se soit éteint au fond de l'eau.

Elle appelle encore. Je ne peux plus bouger. Mes pieds sont fixés au rocher, et elle ne me voit pas. Derrière elle, des silhouettes. Des gens vêtus de bleu. Ils cherchent, eux aussi, ils cherchent cette petite fille qui a disparu. Les pas couchent les herbes sauvages. Des ombres bleues traversent les champs, marchent sur les chemins. Elles arrivent de la terre, de toutes les directions, elles rejoignent, forment des lignes, des lignes nettes, de longues lignes bleues. Le bleu remplace le brun, la lande s'emplit des corps. Ils marchent encore, ils ne s'arrêtent pas, ils descendent les falaises, ils avancent jusque dans la mer.

Tina

L'hélicoptère passe au-dessus de la plage. Les policiers sont là, partout. C'est moi qui les ai appelés, je ne sais pas comment. Une voix m'est parvenue, épaissie par les années et les cigarettes sans filtre, une voix de femme. J'aurais voulu m'y appuyer, lui confier mon corps, mon cerveau embrouillé, toutes les heures à marcher, les mètres parcourus, lui dire pardon, annulez tout, reprenons au départ, je m'en vais, je retourne au matin, devant la fenêtre, ses pieds contre mes cuisses et nos yeux sur la lande. À la place j'ai dit ma fille a disparu, et tout a cogné autour de moi.

La plage ne cesse de se remplir. Les locaux, les patrouilles arrivées du bateau, les plongeurs. L'île entière crie son nom. Raph, raph, raph, à force de le dire je ne sais plus qui c'est, je ne sais plus quoi faire, je n'ai pas de montre mais c'est l'heure, l'heure d'aller la chercher à l'école, lui demander c'était bon le sandwich, la coucher dans son lit.

À la police j'ai répété les phrases vides, les heures, les minutes, les trajets. Quelque chose bat au fond de mon oreille. Ce n'est plus le jour, pas encore la nuit. La plage ne ressemble à rien. Des heures qu'on piétine, qu'on efface les traces, les cirés, les gilets bleus, les combinaisons de plongée qui s'enfouissent sous la surface. Ils sont beaucoup trop. Ils vont déranger le fond de la mer, ils vont ravager le dessous. Ils sont là pour m'aider. Mes pieds me portent encore, je n'ai pas cessé de marcher depuis le début, les autres sont des sillons sur le sable, des ombres. Maud, Pierre, Greg, Marielle, arrivée échevelée, trempée de l'école, ses yeux verts sous le hâle. Tina, elle a dit, et ça a suffi.

La police a annoncé les trajets sont bloqués de l'île au continent, personne ne peut partir, le périmètre terre, le périmètre air, tout est ratissé, on sonde les grottes, l'eau des marécages, les cavernes sous-marines. Les familles, le village, tout le monde sera vu, interrogé. Chaque mot m'éloigne, me fait glisser plus loin. Une femme d'âge mûr, la vagabonde, un sac à dos, vous l'avez vue, vous la connaissez, on a retrouvé une lampe torche qui lui appartient, dans les ruines du lavoir. Elle est au commissariat, ils disent, on l'interroge, je pense, si c'est elle je la tuerai, et ça me fait peur. Ce n'est pas elle, je dis, ce n'est pas quelqu'un, ma fille s'est perdue. On ne se perd pas comme ça, dit le policier.

On ne se perd pas comme ça, Pierre le répète doucement, et je le crois, parce que sa voix est basse, qu'il connaît tant l'île. Quelqu'un l'aurait vue, une enfant toute seule dans la lande. Je repense au brouillard. Deux heures à ne pas voir à un mètre. Essayer de rentrer, se cacher dans un coin, attendre, ou marcher. En deux heures on peut aller loin. Les traces des enfants et de la maîtresse sur le sentier vont jusqu'au bord de la falaise, reviennent dans l'autre sens. Les pas de Raph, toute seule, tout près des rochers, l'herbe aplatie. Elle quitte le sentier en direction du parking, du chemin qui descend à la plage. On perd ses traces. Je la vois tâtonner, descendre le chemin jusqu'au bas des falaises, marcher dans le brouillard, se cogner à la coque. Entrer, se plier dans un coin, attendre que je vienne la chercher. Il faudrait quelque chose à elle, ils disent. Un vêtement, un objet, une odeur pour les chiens.

La mer monte, dit quelqu'un, avec la nuit ça va devenir compliqué. Vous êtes fatiguée, vous devez rentrer, vous reposer, ajoute une autre. Demain matin il y a une battue, annonce Marielle dans mon col. Demain, je répète sans comprendre. Ça n'a pas de sens. Demain ça n'existe pas, ce n'est pas envisageable. Demain ça veut dire quoi ? On doit la retrouver maintenant. Elle est là, je sais qu'elle est là, elle n'est pas partie, elle m'attend, elle est dans l'épave, je vais y retourner, elle est quelque part cachée sous la plage. Raph, Raph – calmez-vous, madame, Tina, ça va aller. Raaaaph ! On m'attrape les épaules, doucement d'abord, et plus fermement. Amarrée au sol, je me débats. Ma voix traverse mes côtes, la poitrine, éclate le long des falaises.

Maud

Je l'ai entendue crier. Par petits groupes, les habitants se rassemblent sous les falaises, les frontales s'allument, une à une. Les mots passent des uns aux autres, battue, demain, six heures. Le cri traverse le groupe. Animal, rauque, la douleur d'un membre rongé, la rage de celle qui désire le meurtre, la blessure. La détresse. Je n'ai jamais rien entendu de pareil.

Autour, les gens reculent, d'effroi, puis se rapprochent pour comprendre ce qu'il se passe. Je fais un pas vers le groupe. Tina est au centre, les yeux exorbités. Elle semble ne plus reconnaître personne. Deux policiers tentent de la calmer, lâchez-moi ! elle se débat, donne des coups de pied, frappe les hommes de ses poings. Les souffles, halètements incontrôlés se propagent dans l'assemblée. Quelque chose crachote dans la gorge de Tina, comme si elle manquait d'air. Ses bras sont bloqués, la main du policier appuie contre sa poitrine.

Laissez-la ! Marielle surgit de derrière mon épaule, trébuche sur le sable, elle tambourine sur le torse du policier. Ils desserrent leur étreinte. La poitrine de Tina se soulève avec difficulté, un sifflement aigu me perce les tympans. Marielle tend le bras vers elle. Doucement, Tina s'y appuie, reprend son souffle puis se jette, se cogne et repousse les corps qui se tendent, se met à courir vers la mer.

Marielle s'élance, sa cape flottant derrière elle. Ses appels se perdent dans la course, les traces de pas s'amenuisent dans le sable. Les policiers les serrent de près. Passant les premières vagues, Tina continue, des gerbes d'eau autour d'elle, le ressac imprégnant le bas de son pantalon. Elle repousse les courants, avance vers l'épave. Les flots à mi-cuisse, les vêtements lourds, elle ralentit ses mouvements. Essoufflée, elle s'acharne, les gémissements de rage se mêlent aux pleurs. Sa taille est sous l'eau. Marielle s'est arrêtée au milieu des vagues. Deux plongeurs l'ont rejointe, se préparent à nager. Débarrassée de son ciré, Tina s'est jetée dans le courant. Seule sa tête dépasse de l'eau.

Les plongeurs la rattrapent vers l'épave. Les mains éraflées, elle s'agrippe au béton, gratte les murs avec ses ongles. Elle se débat. Vêtements trempés collés à sa peau, des algues autour du cou, ils la ramènent sur le rivage. Elle rampe vers les vagues. Accroupie près d'elle, Marielle s'essuie les joues, il nous faut quelqu'un. Où est le médecin ? hèle Greg. Un homme arrive en courant. Non loin de moi, Marielle et Greg chuchotent avec fébrilité, j'entends, ils vont la shooter. Un oiseau de nuit lance une longue plainte en haut des falaises.

Le corps de Tina est allongé par terre, recouvert d'une couverture. Le médecin et la commissaire échangent à mi-voix. Il faut qu'elle rentre, qu'elle se repose, déclare l'homme. Marielle s'approche. Je la ramène, dit-elle. Je vous accompagne, j'ajoute, et ma voix surgit trop fort dans le noir.

Marielle conduit lentement. Les phares sur la route éclairent le fossé, les silhouettes, gilets jaunes et bleus dans la lande. Un papillon se cogne au pare-brise. Allongée sur la banquette arrière, une couverture sur les jambes, Tina respire profondément. Sur le tableau de bord le portable de Marielle se met à sonner, un chant de marin résonne dans la voiture. Elle étend le bras, le silence revient.

Par réflexe j'ai plongé les mains dans mes poches. Plus de batterie. Le dernier message de Marek date du début de la soirée. *Y a un problème ?* Je n'ai pas répondu. Tout seul, sur le continent, entre les murs de la ville portuaire, la nuit bétonnée. Les immeubles gris et l'allée du tram, les goélands qui piochent dans les carcasses de kebab. Marek est sorti, il a pris une bière quelque part. Marek dans le train, retour à Paris. J'ai mal au cœur dans la voiture.

J'ai pensé à lui toute la matinée. Bien avant d'arriver en classe, les yeux ouverts dans mon lit, la lumière derrière les volets, le premier jet de la douche. Déjà prête à monter dans le bateau, déjà de l'autre côté de l'eau, le sourire pressé, lui sur le quai, ses cheveux ras, la gêne des premières minutes, quand on se retrouve face à face, le vertige. C'est à peine si on se reconnaît. Je me demande toujours, mais qu'est-ce qu'on fait là à se regarder. On marche longtemps, on boit pas mal, pour noyer l'inconfort. Il faut des heures pour se faire à ces nouveaux visages, l'arythmie, les mots qui ne viennent pas ou arrivent trop vite, par saccades. Retrouver un langage à deux, les paroles faciles, reprendre la conversation interrompue la dernière fois. Ensemble, par petites touches, tracer les contours de la Maud et du Marek qu'on va être pendant deux jours. Quand on s'y est fait, c'est déjà dimanche, il faut repartir.

La voiture quitte la route, descend la pente d'herbes et de graviers. Les phares éclairent l'allée, les haies broussailleuses, le tas de bûches dans l'appentis, les jouets de Raph éparpillés entre les dalles.

Marielle

Maud s'est endormie sur le canapé, jambes repliées, ses cheveux dépassent à peine de la couverture. Ses vêtements sont étendus sur une chaise. J'ai trouvé des oreillers dans un placard, lui ai tendu un jogging, un vieux pull de Tina, tu seras mieux avec ça, il fait froid ici. Le salon est humide, les murs hauts. Le chat ronronne contre mes jambes. Je renifle. Tôle, courge, feu de bois, l'odeur des vieilles bâtisses, celle que Tina emporte à l'atelier dans le pli de ses vêtements.

On l'a portée, hissée marche après marche jusqu'à sa chambre, ses bras lourds tombant dans notre dos. Elle ne s'est pas réveillée. À l'étage, je l'ai allongée, j'ai retiré ses chaussures, déroulé le couvre-lit jusqu'à ses épaules. Son visage restait crispé, même dans le sommeil. Doucement, j'ai refermé la porte de la chambre. Les chaussettes de Raph pendaient sur le radiateur.

Dans le couloir, je me suis arrêtée. Maud attendait devant la chambre de la petite. Sur nos visages, la même pensée. Et si elle était rentrée ? Rentrée chez elle, à pied, toute seule dans le brouillard. Blottie dans son lit à attendre que Tina revienne. Le lit était défait. Maud a passé la main sur le mur, les dessins à même la cloison. Une épuisette posée contre la commode, une chouette en bois sur la table de nuit. Elle s'est tournée vers moi.

On a ouvert les placards, cherché derrière les portes, les rideaux du salon, passé la tête derrière les meubles, sous l'escalier, inspecté la remise et le débarras. J'ai remonté de la réserve des bocaux de conserves. Pour toi ce soir, j'ai dit à Maud. Je connais Tina, les placards du haut ne sont pas bien remplis. Elle a mangé à même le bocal, assise sur le canapé pendant que j'allais chercher des bûches pour le poêle. Le temps que je m'en occupe, que la flambée réchauffe la pièce, elle s'était endormie.

Je pourrais presque rester ici. Je l'ai souvent fait, les premiers mois sur l'île. Tina m'avait accueillie comme une sœur. Je me rappelle un après-midi, fin septembre, il faisait encore doux. Les paniers aux bras, un thermos, Greg était là et des amies, des amis à lui que je connaissais peu. Ils se côtoyaient depuis longtemps. Ils savaient les goûts, les habitudes de Greg, je n'avais que son odeur posée sur la mienne, les cheveux imprécis, les miettes de biscuit sur la taie d'oreiller, dans le bungalow. Ses amis m'entouraient, rieurs, ils me rendaient étrangère. Je n'étais là que depuis un mois, je ne savais pas comment être.

Ils avaient décidé d'aller à l'eau. J'étais restée, les fesses sur la serviette, les bras autour des jambes. L'eau, c'était pas mon truc. J'aimais la mer, j'étais fascinée, je pouvais passer des heures à la regarder. Nager, c'était différent. Je voyais leurs épaules à travers les vagues, les cheveux trempés, les bras ressortir de l'autre côté. Ils étaient faits pour ça. Je pensais à ce qui est froid, ce qui frôle les pieds, les attire au fond de l'eau, ce qui fripe la peau des orteils, les poissons inconnus, les gens qui pissent, qui crachent, les poils de chien, les algues molles, les méduses, les clous, les débris de navire qui écorchent les jambes.

Tina se préparait, sur la rangée de serviettes. Elle avait ôté son pull, fait glisser sa culotte le long de ses jambes, sous le maillot de bain une pièce. Je regardais ses jambes à la dérobée, la peau encore bronzée sous le duvet noir. Tu viens ? Après une hésitation, je m'étais levée. Je vais juste mettre les pieds dans l'eau.

Les autres jouaient, loin. J'entendais le rire de Greg. Tina faisait passer de l'eau sur ses jambes, sa nuque. Elle s'était tournée vers moi. Il faut y aller très vite, sans réfléchir. J'avais secoué la tête. Je te crois sur parole.

Elle m'avait souri, s'était élancée. En courant d'abord, de plus en plus vite, esquivant les vagues qui poussaient ses cuisses, évitant les galets, la force du reflux. Tête la première elle avait plongé, son dos rouge tapi sous l'eau. Je l'avais vue s'ébrouer en sortant, la première vague s'élever au-dessus d'elle, la couvrir entièrement. La mer s'était lissée, son visage avait émergé, mèches noires sur le front, les autres autour d'elle. Ils criaient, l'acclamaient, Greg riait comme un cormoran.

La vague avait poursuivi, diminué jusqu'à atteindre mes pieds. Mes jambes si blanches, mon corps de la ville. J'ai écrasé mes mains mouillées sur mon cou, me suis mise à marcher, repoussant les cailloux qui cognaient mes chevilles. L'eau montait le long de mes jambes, entrait dans mon nombril, mes épaules sous la surface. Mon corps entier a hurlé de froid. Les cheveux encore secs, les vagues déferlaient. Les visages des autres ont disparu derrière une lame plus haute que les autres. Je l'ai vue monter, face à moi, immense. J'ai entendu les voix. Plonge ! Plonge sous la vague ! À l'intérieur !

J'ai fermé les yeux. Tout a tourné, le sel, le sable, ma peau agrippée aux bulles. L'eau est entrée dans ma bouche. Je n'entendais plus rien. Au bout d'un long moment, ma tête est ressortie. Les cris m'ont accueillie. La mer coulait par le nez, la langue, les yeux. Mes larmes, le ciel vert, eux tournés vers moi, battant la surface. Poussant sur mes jambes je les ai rejoints, une ronde sous le ciel. La joie, soudain, d'en être. Je voyais sur les joues le même sourire que moi, la surprise d'être passée de l'autre côté de la peur. L'océan bougeait lentement, le vertige nous soulevait au-dessus de la plage.

DEUXIÈME JOUR

Yuna

Je me suis mise à marcher dans mon sommeil. Le soleil passe à travers le brouillard, me réchauffe entre les mailles. Je suis sortie en robe de laine. J'ai fermé la porte, laissé la maison, l'âtre froid, le lait de brebis dans les bols, les sœurs et les frères, Yann le plus jeune, un fil de laine accroché à ma jambe pour me retenir. Yann qui m'appelle dans le brouillard, si craintif qu'il ne passera pas le seuil de la porte. Yann, roux comme moi, léger comme moi, deux taches de son sur le même visage, les voix qui se mélangent, et je parle pour lui quand ses mots ne sortent pas. Trop frêle pour partir en mer, disent les gars du port, et je sais qu'il montera là-haut, qu'il grimpera dans le phare quand il en aura l'âge, parce que la mer ou la terre, c'est le seul choix des hommes. Moi je reste là, sur un banc près de lui, plus jeune et plus vieille à la fois. Yann allume la lampe pour ceux qui partent, ceux qui reviennent.

Les ronces du talus ourlent le sol en pente frôlé par les fougères, la terre s'éclaircit, se mélange au sable, le sentier descend jusqu'à la plage, l'écume en pelote, des filaments bleu-vert entre les grains, on ne voit pas le début de l'eau, trop loin dans la brume, seulement les traces, flèches des pattes d'oiseaux qui écrivent le chemin. Je me penche, m'assois, lis avec mes mains. L'appel se tresse entre mes ongles, dans mes bras posés contre le sable, mes épaules ouvertes, une plainte s'engouffre et me remonte dans la gorge. C'est un courlis, je l'entends, il chante pour moi. Pour que j'avance, que je traverse, que je retrouve mon corps. S'il se tait je me perds, mes jambes deviennent la brume, mes pieds des grains de sable. J'écoute l'oiseau et je le suis. Je me souviens qu'il faut marcher. Des morceaux de roche brisée sur le sable, le sol craquelé, des lacs entre les algues, un crabe se dérobe.

Tout est glissant autour, le chant s'épaissit. L'écho infiltre ma robe, la laine refroidit, j'entends les murs se séparer, un courlis, deux courlis, dix courlis, et c'est la mer qui descend le long des parois, cotonneuse, grave des mots dans la roche. Un chant de peine, un chant d'oubli. Je ne sais plus où je suis, les couleurs suintent, se désagrègent, tombent en morceaux autour de moi. L'oiseau n'est plus là. Yann crie mon nom. La plage s'est disloquée, je ne vois plus rien, j'entends tout près de moi le centre de la terre, le lait bouillonne dans les bols. Je suis aveugle. Ma mère m'appelle, Yuna, Yuna, elle n'en finit pas de casser des assiettes sur les murs de la maison, de briser sa voix au bas des falaises, et je tombe, je tombe, la mer m'a jetée, les roches ne me rattrapent pas, je tombe, je tombe, et l'écho devient caverne.

L'île m'a avalée. Je suis tombée dans son ventre. Les bras de roche m'enserrent, tremblent des assauts des vagues. Ici c'est humide, stries minérales sous mes jambes, c'est un faux silence qui gronde du lointain, du dehors qui cherche à entrer sans relâche. J'ai passé les bras autour de mes genoux, j'écoute ce qu'il reste de bruit.

Au bout d'un long moment, j'ai peut-être dormi, je commence à entendre des pas. Ils s'approchent, ils tournent, ils dessinent des cercles autour de la grotte. Ils viennent me chercher. Je reconnais les voix des femmes du village, la rudesse dans la gorge, sous les couches de peau, le reproche avant l'inquiétude, elles mordront avant de panser les plaies. Elles tiennent debout tout ce qu'elles ont à tenir de chaleur et d'efforts, elles se taisent pour mieux crier, elles se taisent si souvent. Mon absence leur arrache les mots de la bouche, des mots imprévus, qu'elles n'attendaient pas. C'est mon nom qu'elles crient, mais dans les mâchoires c'est tous les absents, les corps et les visages de ceux qui sont partis.

Les jambes piétinent la falaise, les jupes avancent, ma mère m'appelle. La peur ne l'aura pas, elle reste dans sa panse, et moi je l'attends dans le ventre de l'île. Yann est là aussi, il marche sur la roche, il me marche dessus. Je l'appelle de l'intérieur de la terre. Je crie si fort que j'effraie les parois. Il m'entend, je le sais. Nos voix tiennent ensemble par le fil qui traverse la mousse, descend au creux de l'écume, nos prénoms se répondent. Yann, Yuna. Yann dit aux autres de s'arrêter, d'écouter, mais personne ne l'entend, personne ne s'arrête. Ma mère retourne sur ses pas, lui attrape le bras, ils s'en vont, ils vont chercher ailleurs. Et l'île entière passe au-dessus de ma tête.

Alma

Réveillée par un bruit de moteur. Un cercle de lumière est passé sur la tente. À travers la toile, j'ai vu la camionnette s'arrêter près du phare, la femme sortir, bottes aux pieds, écharpe nouée autour du cou. Elle dépose le courrier dans la boîte en fer accrochée à la grille, et je me demande ce que la vieille peut recevoir comme lettres. Publicités, relances, factures impayées. Le genre d'enveloppes vitrées que je trouve sur le paillasson quand je rentre sur le continent. Le Kangoo redémarre.

Une lampe est allumée, dans la pièce en haut du phare. La vieille a sa maison, une maisonnette pas loin, au milieu des ajoncs, et pourtant elle passe tout son temps ici. Parfois je l'entends chanter au milieu de la nuit. Les jambes dans le duvet, capuche sur la tête, je laisse le vent passer derrière mes oreilles. En bas, la mer se plaint en chocs douloureux, l'eau frappe la roche sans amorti, des lutteurs sous la falaise. Avec la nuit, les distances s'effacent, on dirait qu'il n'y a plus que ça, en haut le phare, en bas la mer.

Hier, la fatigue s'est abattue sans prévenir. D'habitude la relâche surgit dans l'appartement, quand la porte est claquée. Retirer les chaussures aux lacets boueux, la polaire, le pantalon qui tient tout seul sur ses jambes, sous-pull, culotte, laisser tout en tas devant la salle de bains. Sur le tapis les pieds laissent des traces, les couches de crasse tombent dans la douche, se mélangent dans le conduit. L'eau brûlante me sépare des semaines sur l'île. Bientôt la nuque et les épaules retrouveront les vêtements de la ville, la posture du travail. Propre dans le lit, la soupe brûle dans le bol, chaque cuillerée est un festin.

Le bateau est arrêté jusqu'à lundi. Je ne peux pas rentrer sur le continent. Les flics m'ont coincée, hier sur le port. Ils ont posé la lampe frontale sur le bureau, dans une pochette plastique. C'est à moi, j'ai dit. J'ai campé dans les ruines, cette nuit, j'ai dû l'oublier en partant. Assise à la mairie, les fesses sur une moitié de siège en plastique, j'ai senti mon odeur, aisselles et haleine de celle qui ne se douche pas. Le jour passait, la marche me tombait dans les côtes.

Ils m'ont demandé ce que je faisais là. Motif du séjour. Je viens pour les oiseaux. Le regard fixe de la policière, grain de sable sur les verres de lunettes. En ce moment, c'est la migration, j'ai ajouté pour qu'elle comprenne. Ils viennent du nord et ils traversent. Ils se posent sur l'île, pour se nourrir, reprendre des forces. J'ai besoin d'être là quand ils passent.

Quelqu'un fait glisser une photo sur la table. Vous la connaissez ?

Je l'ai déjà vue. Je les croise souvent, la mère et la fille, main dans la main sous les falaises. La mère me salue, les yeux qui vont chercher le ciel pour ne pas me fixer trop longtemps. La petite fille m'observe, cils foncés sous cheveux clairs, lâche la main, ses bottes précises sur les rochers, elle sait où mettre les pieds. Elles vivent loin du village, il n'y a pas de clôture, le jardin continue dans la lande. Parfois je plante ma tente, loin de la maison pour ne pas les déranger, à l'endroit où le sol n'appartient plus à personne. Je défais le campement aux aurores. La mère me fait un signe par la fenêtre de la voiture, le matin en partant au travail.

Je regarde la fillette sur la photo, derrière les reflets plastiques. Assise à une table, les mains posées à plat devant elle. Ses cheveux sont tenus par une pince cuivrée. Derrière, le mur vert, une étagère de livres. Ses doigts frôlent le cahier ouvert en grand sur la table. Elle sourit d'un seul côté de la bouche.

Les policiers m'ont gardée longtemps. Mon silence les crispait, je le voyais bien. Si elle ne dit rien, c'est qu'elle cache quelque chose. Attardée. Asociale. Ils m'ont proposé une salle, à la mairie, pour étendre mes affaires, dormir à l'abri. Ça ressemblait à une garde à vue. J'ai senti les regards, le poids de la question qui s'accrochait à moi. Je vais camper au phare, j'ai annoncé, bien fort pour qu'ils le sachent.

Tina

Une lumière forte, croisement de phares, un oiseau heurte la falaise. Les images ont disparu quand j'ai ouvert les yeux. Je distingue les parois, les murs de la chambre. Le rêve n'avait pas de son. La gorge sèche, je repousse les draps, titube jusqu'à la salle de bains. Il fait trouble dans le couloir, mes pieds perçoivent à peine le sol, moite, une masse floue dans le miroir. Je me retiens au lavabo. Un goût aqueux dans la bouche. Le robinet ouvert, je passe ma tête sous l'eau, laisse couler longtemps. J'essuie mes joues dans une serviette, brosse mes cheveux de la main. Une algue me reste entre les doigts. Yeux vitreux dans la glace, ma face blême me dévisage. À l'étage, en dessous, deux tasses se cognent et tout reflue, des pieds à la tête.

Le verre à dents roule et tombe sur le carrelage. La serviette à terre, je me précipite dans le couloir, la chambre de Raph, le lit, les draps ouverts, qu'est-ce que je fous là, *qu'est-ce que je fous là* ? À genoux devant le lit, je suffoque. Quelqu'un en bas monte l'escalier.

Je dévale les marches, me cogne à Maud tout habillée, le salon, les volets ouverts, sur la table du café, des paquets, j'ai dormi là, j'ai *dormi* ? Je hurle dans l'escalier, attrape Maud par les épaules, la secoue. Le bol dans ses mains déborde, se renverse, se fracasse par terre. Je la lâche, recule. Elle pousse un gémissement, s'appuie contre la rampe. Le chat remonte quatre à quatre, s'enfuit à l'étage.

Maud se penche pour ramasser les débris. Ses pieds nagent dans mes savates trop grandes. Elle porte une polaire qui déborde sur ses cuisses. Les cheveux tombent sur ses yeux, la frange floue, le brun lâché sur les épaules. Son visage est différent d'hier. La douceur s'est déplacée. Dans le débarras je trouve une pelle, un balai, l'aide à nettoyer, éponge les marches. Elle jette le tout à la poubelle, se laisse tomber sur le canapé. Excuse-moi, je dis.

Elle lève les yeux vers moi, cernes mauves, se met à parler doucement. Hier, tu as fait une crise de nerfs. Tu voulais nager jusqu'à l'épave. Tu aurais pu te noyer.

Je m'assois près d'elle. Je ne m'en souviens pas. Elle tapote mon bras, je la sens trembler sur le canapé. Le médecin t'a donné un calmant, tu t'es endormie tout de suite. Marielle nous a ramenées ici. On a rendez-vous dans une demi-heure à la plage, tout le village se retrouve pour continuer les recherches. Je montre les sacs sur la table. Tu as fait des courses ? Elle secoue la tête. Aurore est passée ce matin pour sa tournée, c'est elle qui a apporté tout ça.

Un téléphone sonne sur une chaise. C'est pour moi, dit Maud avec un sourire d'excuse. Elle enfile un gilet, attrape son portable et sort sur la terrasse. Une masse épaisse et chaude vient se coller à mes jambes. Je passe une main dans le pelage du chat, reçois l'air du dehors par la porte-fenêtre.

L'eau coule encore dans la cafetière. Debout devant la table, j'écoute le gargouillis, les aiguilles progresser sur la pendule. J'ouvre les sacs. Des dizaines de boîtes de conserve. Thon, maïs, champignons, haricots, sauces en boîte, paquet de pâtes, sachet de pain de mie, confiture. J'ouvre les placards, pousse les bocaux, empile les boîtes. Il y a de quoi manger pendant au moins trois jours. J'adresse une pensée reconnaissante à Aurore. En fouillant je manque de faire tomber un thermos en métal. J'essuie la poussière, le pose sur la table, verse dedans le reste de café et visse le couvercle. Dehors, sur la terrasse, j'entends Maud passer et repasser derrière la porte-fenêtre. Elle parle une autre langue, âpre et rapide. Ses mots sont précis, brusques. Je ne distingue pas ses paroles mais je sens que pour une fois elle parle sans manières, sans politesse.

Le chat tourne autour de mes jambes. Dans l'évier, mains mouillées, l'assiette d'hier matin tournée sur la tranche, la tasse de Raph à moitié bue. Je laisse l'eau couler, remplir le bac à ras bord.

Ça aurait dû être une journée normale. J'allais la chercher, juste après l'école, on devait rapporter de quoi faire des crêpes, prendre le goûter chez Marielle et Greg. Elle s'est réveillée, a déjeuné comme tous les matins, c'est ça que j'ai dit à la police, dans la mairie aménagée en salle d'interrogatoire. Il restait deux biscottes dans le paquet, j'ai préparé son sandwich, lui ai tendu ses bottes, pied gauche, pied droit, j'ai remonté la fermeture du ciré, passé sur son dos le petit sac, on est montées dans la voiture.

Elle fait un mètre vingt, les cheveux blonds ni courts ni longs, les pommettes hautes marquées, une cicatrice sous le sourcil, trace de varicelle. Les joues rouges, les doigts qui laissent des traces quand on appuie dessus, été comme hiver, le sourire qui déborde. En riant, j'ai toujours peur qu'elle en perde un morceau. Elle parle à tout le monde, les gens, les animaux, les plantes, elle se tait pendant des heures.

Assise sur ma chaise en plastique, salle de la mairie, j'étais juste assez près pour lire les notes dans les lunettes de la policière. *Un mètre vingt. Cheveux blonds au carré. Ciré à capuche, bottes en caoutchouc.*

Marielle

La deuxième pluie tombe sur les cirés. Il fait nuit encore, un trait de lumière à l'horizon. Les phares des voitures passent sur les chaussures, les mines endormies, les portières qui claquent. Le village avance en cape de pluie jusqu'au bout du parking, près des rondins qui entourent le sentier. À la frontale, les pommettes, les tempes, la peau des femmes d'ici, papier de verre, les couches raccommodées avec le temps. L'odeur de vent et de soupe chaude, la cendre accrochée au revers des cirés, parfum de l'âtre, de l'âge qui arrive à pas lents. Les voitures se garent encore, d'autres viennent à pied, à vélo, des villages voisins, des hameaux, du versant escarpé. Les voix chuchotent, tons de granit, les besaces, sacs et bâtons de marche. Entre les capes flotte la fumée d'une clope trop matinale. J'ai mal au cœur.

Tina est là, les traits tirés, pâle sous le bronzage qui lui reste d'août, ses cheveux en épis, le visage perdu dans les vêtements. Je la reconnais à peine. Les gens l'entourent, lui parlent à voix basse, elle répond, rend les regards. Si on la poussait elle tomberait, ou se planterait comme une lame. Je n'ose pas m'approcher. Aurore reste à ses côtés, thermos de café, elle n'en finit pas de distribuer les gobelets, les petits pains, les cartes de l'île pour ne pas se perdre. Elle surplombe les autres, vérifie, veille, constitue les groupes pour les recherches. Une équipe à l'ouest, la plage, les falaises, une autre au nord, vers le phare et les rochers. La troisième à l'ouest, les marais et les criques, la dernière au sud, le village, le port. On quadrille. On calcule les étapes, les itinéraires, les points de chute. Un bilan toutes les heures. Prévenir dès qu'on trouve quelque chose d'inhabituel.

Aurore, ses amies, les femmes du village, se regroupent autour de Tina. Elles sont là pour tout, mariages, baptêmes, anniversaires, enterrements. Elles ont tout vu, elles savent, elles s'adaptent. Quand je suis arrivée, on me regardait de loin. Elle va pas rester, on disait du coin de la bouche. Ça viendra, avait dit Tina. Elles s'habitueront.

Aux points cardinaux, les équipes se préparent. À l'ouest un petit groupe, Greg, moi, Maud qui se tait, Tina qui ne veut pas s'éloigner de la plage. Je suis près d'elle et je ne sais pas quoi faire. C'est moi qui la rejoins, d'habitude. S'asseoir sans rien dire, dans un repas où tout le monde parle fort, sur le sable, sous les falaises, c'est facile avec elle. Toutes les deux sans parler, et puis les mots arrivent sans effort. Greg la regarde, il s'est approché. Ils se connaissent depuis longtemps, elle lui fait un signe de la tête, ça va aller.

La main de Greg sur mon épaule, se pose et retombe. Il s'éloigne pour fumer une cigarette. Hier en rentrant, j'ai fait le test. Après, j'ai laissé couler l'eau dans la baignoire, brûlante, j'y suis restée longtemps. Greg n'a pas toqué à la porte. Cette nuit il a dormi le bras contre mon ventre.

Le matin j'ai laissé mes céréales. Je ne suis plus en colère. Ses yeux inquiets, ses yeux qui veulent dire je suis là. Il a pris le bol, l'a terminé, cuillerée après cuillerée, est allé le laver dans l'évier. Dans la voiture, la radio en sourdine, la buée sur les vitres, on a roulé jusqu'aux falaises, en se demandant sans le dire on fait quoi, on le garde, on le garde pas. Nager le plus loin possible, le laisser se détacher, tomber de mon ventre, tomber au fond de la mer, un têtard, un poisson mort. On verra ça plus tard.

Le jour se montre à peine. Greg revient, me prend le bras. Son souffle de reste de cigarette. Maud frotte ses mains l'une contre l'autre. Elle me fait un sourire qui retombe. La nausée me reprend. Aurore traverse le parking, elle parle fort, donne les dernières indications.

La police est là, les semelles lourdes sur les graviers, le frôlement des uniformes, bleu des bras croisés qui nous encerclent. La policière aux lunettes se tient debout à côté d'Aurore. Elle la laisse parler.

C'est le départ. Ça murmure dans les rangs. On se touche, comme avant une course, main sur l'épaule, coude contre coude, les bras se tendent, à tout à l'heure, on est transi soudain, de se quitter. On se dit bonne chance, on se retrouve après. Et puis le silence, le front vers le sol. Les groupes se mettent en route, et je vois, à l'écart, la femme au sac à dos. Paupières à peine ouvertes, le sac massif, elle part avec le groupe du nord.

Lili

La poussière de la chambre me fait éternuer. Celle des BD au pied du lit, des disques retrouvés en fouillant dans les bacs. Chaque fois que je rentre, je passe des heures à choisir ceux que je vais écouter, les éparpille partout au sol. Les murs ont l'air plus proches que la dernière fois.

Hier soir, par la porte entrouverte, la mère m'a demandé de garder les jumeaux. Elle devait rejoindre les villageois après sa tournée, près de la plage, pour la battue. Tu restes avec eux, il y a à manger dans le frigo, a dit la mère d'une traite et pas moyen de négocier.

Il fait froid à la maison. La matinée est déjà avancée. La lumière passe sous la porte de la chambre de mes frères, je les entends jouer. Ils ont mangé leurs céréales, sont remontés sans se laver les dents, chocolat sur les joues, pendant que je dormais encore. Mes pieds dans les chaussettes ne font aucun bruit sur le carrelage. En bas dans le salon, un verre vide, une moitié de citron au bord de l'évier, l'écharpe de maman enroulée autour d'une chaise. D'habitude, elle n'oublie rien. Le paquet de pain de mie, son ordinateur entre les coussins du canapé. J'attrape le tout, remonte au chaud dans ma chambre.

L'ordi est lourd sur mes genoux, me réchauffe les jambes à travers la couette. Je pioche des tranches de pain de mie. L'écran éclaire le lit, une vieille photo de nous sur la plage en automne, devant l'épave rouillée. Marin regarde ailleurs, Joe flou tellement il bouge, je souris trop fort on dirait la reine d'Angleterre. Je tiens les jumeaux par les épaules comme mes propres enfants, on porte tous les trois la même polaire bleu ciel.

La pluie commence à tomber sur le toit. La connexion s'emballe, les onglets ouverts, une vidéo fois huit, une fille raconte comment elle a quitté la ville pour vivre dans une cabane au milieu des bois. Je termine le pain. Un pull en laine autour de la taille, elle dit qu'elle se sent libre, délestée du poids de la société, un soulagement le retour au goût des choses, la réalité, le sens de la vie. Je la vois parler dans les huit carrés de l'ordinateur. J'aime écouter parler des gens qui font des choses, et manger du pain de mie.

Je remonte la couette jusqu'à la taille et dans le mouvement j'ai l'impression de me faire pipi dessus. J'ai perdu les eaux, je pense comme un réflexe, alors que je ne sais pas vraiment ce que ça veut dire. Je pousse l'ordinateur la couette le pain de mie, les jambes serrées dans le pyjama jusqu'à la salle de bains. Les jumeaux jouent, voix flûtées derrière la porte, menacent le kidnappeur de tout ce qui pourrait lui arriver s'il ne rend pas Raph. Celui-ci répond avec les mots de Joe et l'accent de Marseille. Ils m'inquiètent des fois.

Je pense à la petite fille dans le froid. Je voudrais être dans la lande, pour aider. Dans la salle de bains, le pantalon par terre, la culotte descendue, des taches foncées sur les coutures. Je respire un grand coup, sautille jusqu'aux toilettes. Jambes nues, écartées en skieur, je vois le sang descendre dans la cuvette. Parfait. Le seul jour où personne n'est là pour m'aider. Mon bras s'étire vers l'étagère, tourne le bouton de la petite radio, la station des vieux comme dirait la mère, sa préférée en fait, surtout quand elle démarre, en voiture, sur la route du village. La chanson m'attrape par les épaules. Respire.

Je prends le rouleau de papier au sommet de la pile, le déroule dans ma main, je plie, replie les feuilles en une énorme couche que j'engouffre dans ma culotte. Je fouille dans les tiroirs, les brosses à dents en stock, cotons-tiges, savons et gants de toilette, l'odeur du propre me rentre dans le nez. Le placard de la mère, la trousse violette, un gel intime, plaquette de pilules, les somnifères, trois tampons qui roulent sur le tapis. J'en ramasse un de la taille de mon pouce. Sans avoir essayé ça me fait déjà mal dans le bas du ventre. *Résiste*, dit la chanson dans la radio. *Prouve que tu existes*, et ça me fait une belle jambe de résister à l'envie de jeter tous les tampons à la poubelle.

Il y avait une notice dans la boîte, et la mère l'a jetée depuis longtemps. Elle m'a tout expliqué l'année dernière, la veille de la rentrée au collège, avant la première semaine d'internat. Au cas où, elle a dit, si je ne suis pas là pour t'aider. Elle m'a montré les étapes, comment on fait, comment ça marche et qu'est-ce qu'il se passe. J'ai monté le son de la radio à fond. *Cherche ton bonheur partout*, dit France, son sourire dans la voix, et moi je cherche surtout à comprendre comment ça marche. Je recommence. *Résiste.* Ça me traverse. *Suis ton cœur qui insiste.* Je me tords dans la salle de bains, ça rentre pas, c'est verrouillé là-dedans, je suis pas normale ou quoi ? *Bats-toi, signe, et persiste.* J'éteins la radio. Le dernier *résiste* se perd sur le carrelage et le tampon me tombe des mains.

Ma main retombe dans la trousse violette, fouille, fait tomber un flacon de vernis, un baume à lèvres, cherche et finit par trouver un emballage bleu nuit, retire le plastique, colle la serviette dans la culotte. Les dernières gouttes tombent sur le toit. J'entends les craves crier, se répondre au fond du jardin.

Karen

C'est le jour des morts. Je m'allume une cigarette. L'air est froid sur le pas de la porte, je referme les pans de ma veste, souffle la fumée dans la lande.

Cette nuit, j'ai rêvé de la petite. Elle était entrée, s'était réfugiée à l'auberge. Je me réveillais au milieu de la nuit, entendais taper contre les murs, des voix d'enfants dans la tuyauterie. Une chanson fredonnée. Je descendais au garage en pyjama. Elle était dans la buanderie, serrée contre Marius, son ciré trempé, une botte en caoutchouc au pied gauche. Elle dormait. L'autre pied était nu. J'ai commencé à chercher la deuxième botte et je me suis réveillée.

Une sterne passe dans le ciel pâle. Cathy est déjà partie aider pour les recherches, dans le lit son odeur d'ourse et de pancakes. Elle a fait chauffer le café, préparé le petit-déjeuner pour tout le monde, les ornithos en rang d'oignons le long des grandes tables. Ils sont partis avec elle, rejoindre les gens du village. Aujourd'hui les jumelles n'épieront pas les oiseaux.

Dans une assiette, un morceau de pain encore chaud, et un mot de Cathy. *Garde bien la tanière.* Les pantoufles traînent sous le comptoir. Marius est parti avec elle. Une photo est épinglée aux quatre coins sur le tableau d'affichage. Raphaëlle, six ans. *Disparue*, en rouge et lettres grasses qui me font reculer. Sur la photo, son petit visage fauve, les dents écartées, la frange qui retombe sur les cils noirs. Les mains sur la table, le regard à côté. Un numéro de téléphone inscrit en dessous.

Le 1er novembre est une journée lente. Je laisse tomber le sachet de thé au fond d'un bol, algues et menthe. J'ai allumé la chaîne hi-fi, mis de la musique pour les morts, disposé sur un coin de table ce qu'il me reste d'eux. Un mouchoir brodé. Un jeu de dés. Les alliances gravées d'ancres croisées, le vieux bonnet de marin. Je sais qu'ils passeront, viendront faire un tour, examiner les restes. Jour des morts, je me sens transparente. Ils vont me traverser sans même me voir, je vieillis déjà, bientôt ils ne me reconnaîtront plus. Il y a leurs gestes, que j'ai volés, gardés sans m'en rendre compte. La démarche de ma mère, ses mains épaissies par les années, les doigts de mon père sur sa cigarette, les secondes aspirées avec le tabac. La repartie sèche de mes tantes. La moue de ma grand-mère. Le rire de Yann, dans sa tour, qui passe à travers les murs.

L'oncle Yann, le gardien, jamais parti en mer. Yann accroché à son phare. Il n'a pas grandi comme les autres, celui-là, disait ma grand-mère.

Je le croisais souvent, petite. Ses cheveux roux sous le bonnet, ses yeux si clairs, du gris des flaques au pied du phare. Je me tenais à ses côtés. Mon oncle si léger. Il me parlait des bateaux, de tous ceux qui passaient, de ce qu'il faisait pour qu'ils ne se perdent pas. La nuit je montais parfois dans la tour, m'asseyais sur le banc près de lui. Au loin sur la mer, les points rouges des navires. Les grives tournoyaient près de la fenêtre, attirées par la lampe, et les rapaces guettaient les oiseaux affolés. Méfie-toi de la lumière, me disait Yann. Et prends garde au vent.

C'est Yann qui s'est envolé, un jour d'orage. Arraché à sa route comme les oiseaux qu'on retrouve parfois sur l'île, désorientés, à des kilomètres de leur route d'origine. Ils se réveillent ici, reprennent leur souffle sur une terre étrangère. Les oiseaux rares, on les appelle. C'est eux que viennent chercher les ornithologues, ceux après lesquels ils soupirent. Les oiseaux que le vent emmène trop à l'ouest de leur route. Yann était de ceux-là. L'ouest, c'était la mer, et un jour il l'a retrouvée.

Yann s'est envolé, méfiez-vous du vent, chantaient les enfants à l'école. On n'allait plus au phare. Yann s'est envolé, berceuse empoissonnée. À cet âge-là, on sait tout et on ne sait rien. Moi je guettais, j'attendais les tempêtes, j'attendais que le vent le ramène. Et année après année, je me harnachais au sol. Massive, ancrée, je m'épaississais, je devenais la terre, les racines des saules, le bas des rochers, pour ne jamais, jamais m'envoler. Je suis restée plus que tout le monde. Mes sœurs, mes frères sont partis sur le continent. Je n'ai pas bougé. Gardienne, moi aussi.

Le lendemain de la tempête, un ami de Yann est arrivé à la maison. Il tremblait des pieds à la tête, ses joues étaient mouillées. J'ai cru que c'était la pluie, je ne savais pas ce que c'était, un homme qui pleure. D'une main, il a retiré son bonnet, et déposé sur la table une petite croix de cire. Tout le monde s'est levé. La nuit entière, la famille a veillé la croix, avant de la porter à l'église, aux premières heures de l'aube. Le vent était tombé. Tout le village suivait derrière nous.

Yuna était la seule qui n'y croyait pas. Elle disait que tout le monde mentait, qu'il était au phare, qu'elle l'avait vu, qu'il l'attendait. Ma grand-mère lui interdisait de sortir mais elle y allait quand même, elle désobéissait. Parfois je la suivais, je restais au bas des marches, sans me faire voir. Moi aussi je voulais voir

Yann. Un jour, en allant au village avec ma mère, j'ai surpris une conversation sur mon oncle. Emporté par une vague, a dit quelqu'un, et tout le monde s'est tu. À partir de ce moment-là, je n'ai plus cru personne.

Ma tante n'a jamais cessé d'aller au phare. Elle a fini par s'y installer, dans la pièce en haut de la tour. Quand je vais la voir je l'entends parler toute seule, rire ou pester comme si Yann était encore là. Et puis il y a ces rêves qui l'emmènent à des kilomètres. Elle descend les marches, les yeux fermés, va jusqu'à la crique, se perd dans la lande, les marais. Elle sort sans manteau. Parfois un ornithologue l'aperçoit, assise dans les rochers, ou Aurore la ramène après sa tournée. Avec Cathy on la récupère, on la raccompagne doucement chez elle, on l'installe dans son lit. Quand elle s'éveille, elle ne sait plus quel âge elle a. Souvent, ça m'inquiète. J'essaie de veiller sur elle, à distance. Le jour des morts, je sais qu'elle s'agite. Je passerai au phare, quand le ménage sera fait, que tout sera rangé. De toute manière, avec tous ces gens partout, elle ne peut pas aller bien loin.

Tina

La lumière est différente d'hier. La marée basse, les mains dans les poches du ciré, la vapeur sort des bouches, les gens qui parlent bas. Elle n'est pas dans l'épave. Je suis retournée voir, une obsession de l'imaginer là, la retrouver, assise à m'attendre. Peureuse de sortir, des gens dehors, se montrer à tous ceux qui la cherchent. C'est ma faute, elle pense, alors elle se cache. Et moi hagarde dans le bateau vide, aveuglée par le jour, les membres raides, anesthésiés, les médicaments qu'on m'a donnés, qui ne calment rien, ce qui fait mal fait toujours mal. Les poignets grattent, marques rouges, plaques zébrées autour de l'os, elle dehors, elle nulle part, son prénom crié, qui file des uns aux autres sous le manteau. Ma fille introuvable.

Tout me passe à travers, les phrases, les gens, les cheveux de Marielle noués à la va-vite, sa voix qui me pousse dans le dos, Maud, l'odeur de violette, leurs épaules tout contre, elles me suivent de près, deux ombres prêtes à me rattraper au premier faux pas, comme si moi aussi j'allais disparaître.

C'est tentant. Ça l'a souvent été. J'ai toujours tout réglé par les absences.

Pendant longtemps je n'ai pas eu d'endroit. Depuis que je suis partie de chez moi, j'ai vécu dans les maisons des autres. Canapés, chambres d'ami, camions, bouts de terrains, granges, tentes, futons, clic-clac… Je me fondais dans le décor. J'arrivais avec mon sac, le posais dans un coin, je me faisais discrète, dormais, me levais, observais, comment on vit, comment on mange, comment on dort. Avancer au milieu des autres, tout juste éveillés, en file indienne, avancer, se pencher et cueillir, gestes répétés mille fois, un jour après l'autre, et le soir se caler entre les femmes, les jeunes les vieilles, celles qui ont les saisons dans le sang, écouter les histoires, le cidre à en avoir les joues rouges, laisser le sommeil se réduire jusqu'au matin. Quand j'en avais assez vu, qu'il n'y avait plus d'espace à l'intérieur, je repartais.

Quand j'ai su pour la grossesse, je me suis dit c'est le signal. Pour s'arrêter, sortir les affaires, reléguer le sac au placard. Ce qui grandissait à l'intérieur était ma seule raison de m'installer quelque part. Je savais qu'elle me ramènerait à la maison sur l'île, les murs que ma mère avait désertés bien avant que je naisse, toujours en mouvement elle aussi. Je crois qu'on ressemble à l'endroit où on grandit, et moi je suis un courant d'air.

Embarquée sur le bateau du matin, enceinte sous le ciré, les clés dans ma poche, je regardais le vent décoiffer les mouettes, les fous de Bassan se poser sur les récifs, je savais que j'avais fait le bon choix. Je rentrais là où je n'avais jamais mis les pieds, l'inconnu dans le ventre. À dix-huit ans, ma mère avait quitté les lieux pour voyager, vivre sur le continent, connaître autre chose que les contours d'une île qu'elle arpentait de long en large. J'étais née de ce départ. Elle m'en parlait peu, mais certains refrains lui restaient dans la voix, quand elle fredonnait, pensive, et je savais que, quelque part, une maison attendait de l'autre côté de la mer.

Les courants soulevaient le bateau et mon estomac, faisaient naître les premiers doutes. L'île, ça pouvait être temporaire. Je pouvais repartir à n'importe quel moment. La naissance, non. J'allais devoir être là, pour quelqu'un, à n'importe quelle heure du jour ou de la nuit. Je ne savais pas si j'étais faite pour ça. Peur d'être emportée par cette vie, ballottée comme dans une machine, les heures qui tournent et de l'eau dans les yeux. Peur d'avoir envie de fuir, laisser les choses telles quelles, empreintes sur le canapé, miettes sur la table, bébé dans la chaise haute. Fuir en restant là, être là sans l'être, regard dans le vague, réponse à côté. Je l'avais vu souvent dans les yeux de ma mère et des autres femmes, ce vide, cette fugue immobile. Le bruit blanc de l'absence, le vent entre les murs. Je me suis souvent demandé à quoi ressemblait ce lieu où rien ne les atteignait.

Après la naissance, j'ai trouvé l'endroit, j'y suis allée moi aussi. J'ai compris que c'était nécessaire. Je me suis aménagé mes propres absences. Submergée par Raph, ses grandes questions joyeuses, inquiètes, muettes ou bruyantes, je profitais des siestes, de ses jeux toute seule dehors. J'essayais de me retrouver. Greg venait souvent, il la gardait, jouait avec elle, s'en occupait pendant des heures, et je pouvais souffler. J'avais confiance en lui. Il la chahutait, la promenait dans la lande, lui apprenait les chants d'oiseau. Quand ils rentraient j'étais rechargée, je pouvais à nouveau remplir le vide.

Tina ? La voix de Greg me ramène à la plage. Tu as faim ? Il me tend un sandwich. Sa main passe sur mon épaule, retourne dans sa poche. Je marche sur la crête des vagues. Des groupes se sont formés sous les falaises. Je me tourne vers lui, attrape le sandwich.

Alma

Je commence à avoir faim. Les cloches sonnent midi au village et il n'y a pas une maison à la ronde. Les habitants remontent les champs creusés par la pluie.

Quand ils ont fait la distribution, sur le parking ce matin, je suis restée à l'écart. La factrice passait dans les rangs, j'ai reculé d'un pas, elle n'a rien remarqué. Une femme s'est approchée de moi. La mère de la petite. Je ne l'avais jamais vue d'aussi près. Le bord de ses paupières retombait sur ses yeux, sa peau commençait à perdre des couleurs. Si tu veux on peut mettre ton sac dans une voiture, pour t'alléger un peu. Elle parlait lentement, à voix basse. Je l'ai remerciée. J'ai gardé le sac. Sans lui, je me sens nue.

Je suis partie avec le groupe du nord. Sur la route une file de gens, et une photo de la petite sur un poteau électrique, déjà abîmée par l'humidité. Je veux la retrouver, l'amener à sa mère, reprendre le bateau. Sur la route, certains s'arrêtent, fouillent le fossé, les haies, creusent dans les ronces. D'autres, ça se voit, n'ont pas marché depuis longtemps. Il y a ceux qui ne quittent pas leur terrain depuis dix ans, qui ne vont jamais sur l'autre versant de l'île. Ceux qui courent, nerveux, qui ne tiennent pas en place, scannent le paysage comme les rayons de l'épicerie. J'essaie d'écouter. Je me dis qu'à un moment je finirai par entendre quelque chose. Le phare, toujours en face, est hors d'atteinte. J'aperçois la maison étroite, le lierre sur les murs. J'ai envie d'aller là-bas.

Les alouettes se dispersent sur mon passage, leur filet de voix absorbé par la bruine. Mon sac est devenu léger. Je traverse les prés, les taillis, les moutons lèvent la tête.

La maison est devant moi, toujours aussi petite. Un foulard sèche sur la clôture, des pots de fleurs entre les dalles. Un carreau manque à l'unique fenêtre. Je me demande si la police est venue ici. Si je devais me cacher, c'est là que j'irais. Si je devais cacher quelqu'un. Je me dis qu'on l'a enfermée, qu'on la garde captive quelque part. Quelqu'un a pensé à la météo la promenade l'institutrice toute neuve, quelqu'un y a rêvé pendant des jours en regardant la gamine grimper, retomber, grimper, retomber. Il y a des tordus ici, qui n'ont pas poussé correctement, à qui on a coupé des branches au passage. Je ne les connais pas, mais j'entends des choses, à force de marcher. Il y a les sans-enfants qui en voudraient, les privés de tendresse qui parfois se servent, et ceux qui ne supportent pas les nouvelles têtes. On n'est nulle part protégé de la violence. L'air marin n'adoucit personne. Les drôles, disent certains en parlant de ceux qui sont étranges, ceux qui ne vont pas droit et je le sais : pour beaucoup, moi je suis une drôle.

Dans la cour, les ronces, les mûres ont noirci en petits amas séchés. La porte de la maison bat contre le mur. J'ai déposé mon sac entre les pierres. Je me demande comment cette baraque tient encore debout. Un pas de plus, dans le noir, et je suis dans l'entrée. On ne voit rien, le sol est humide, une odeur de talc et de laine. C'est une petite pièce, une table au centre, constellée de fientes. Les bols, les poêles suspendues au-dessus de la cheminée, des fleurs séchées près de l'âtre. Les lits sont nichés dans les murs, les draps sont tirés comme si personne ne les avait ouverts depuis des semaines. Sur le bord de la fenêtre des visages d'enfants dessinés au crayon, encadrés, alignés, cinq enfants à taches de rousseur. Une armoire tremble au fond de la pièce, secouée par le vent qui passe entre les murs.

Je reste près de la table. Dans une assiette, des biscuits, là depuis longtemps peut-être. J'ai tellement faim, j'attrape le premier, le goût rugueux, salé, me donne la nausée. Je me demande où est la vieille, quand est-ce qu'elle met les pieds ici. Le contraste est ténu entre le désordre et la propreté suspecte de certaines surfaces. Les tabourets rangés, les vêtements durcis sur les portemanteaux, figés dans la poussière. Une trace de café au fond d'une soucoupe. De l'intérieur, la maison paraît s'agrandir.

Le vent referme la porte qui claque dans mon dos, une pile de casiers alignés contre le mur s'écroule et je recule. Au fond de la pièce, l'armoire tremble toujours. Des craquements, grattements, on frotte contre le bois. Je regarde autour de moi. Dehors, j'entends les moutons bêler. L'armoire oscille et je m'approche, et les cloisons continuent de grincer. J'avance, je la regarde trembler, je la fixe tellement que j'ai mal aux yeux.

Les portes sont épaisses et il n'y a pas de clé. J'agrippe les battants qui résistent, tente d'ouvrir la porte, c'est moi qui tressaille maintenant, qui suis en grelottant les mouvements des parois, je tremble avec l'armoire. Je lâche le meuble, enfouis les mains dans mes poches, retrouve le couteau. La lame passe entre les planches. Mon poignet fait levier, ça résiste, je force, le manche trace un trait rouge dans ma paume. Le bois cède dans un craquement.

Une masse poussiéreuse passe près de mon ventre et heurte la table. L'ombre se cogne à tous les murs, remonte vers le plafond, chute et s'élève dans un sursaut. Je cours vers la porte, l'ouvre, agite les bras, m'approche doucement, guide l'oiseau vers le dehors. Les plumes retombent sur le sol.

L'hirondelle s'est enfuie et les miettes de biscuit me restent sur la langue. Je me sens intruse. Avec précaution je replace les casiers en pile, les uns sur les autres, repousse la porte, attrape mon sac.

Marielle

Maud est assise sur une pierre, jambes croisées. Elle fixe le sol. Plus loin, Tina, nerveuse, parle avec la commissaire. Elles marchent de long en large sur la plage. Greg, menton dans les mains, ses yeux qui disent pas le moment d'abandonner, c'est pas fini, et aussi j'ai peur et je ne sais pas quoi faire. Les gens se sont installés pour manger entre les rochers. J'ai envie de les réchauffer, d'attraper leurs mains, les prendre dans mes bras, leur faire l'effet du chocolat qu'on boit aux heures les plus froides. J'ai envie de tout laisser tomber, leur tourner le dos, aller vers la mer.

Les heures n'avancent pas depuis ce matin. Le ciel est figé. Un gris neutre, pas une ride sur la mer. Un temps de baignade. Si tout le monde, un instant, regardait ailleurs, j'irais. J'entrerais dans l'eau, laisserais ma peau se déplier, dans le froid qui ravive, qui fait mal. Flotter, les pieds dans le vide, accrochée à rien. Hier je regardais les plongeurs se préparer, et je voulais être à leur place. Moi qui n'ai jamais eu de métier solide plus de six mois d'affilée, je me disais c'est ça que je veux être. Cette nuit j'ai vu son corps au fond de l'eau. Je ne voyais que le sable soulevé par mes jambes, mais je savais qu'elle était là. Une botte en caoutchouc passait dans un nuage de bulles. Les jambes raidies, je n'arrivais plus à nager. Je me suis réveillée.

Je me sens comme ça, depuis. Raidie, bloquée. Je ne sers à rien. Même à Tina je ne peux pas parler. La douleur la rend étrangère, les mots ne la ramènent pas. Assise sur une pierre, je l'observe sans qu'elle le voie. Je me tiens tout près, comme elle s'est tenue près de moi quand je suis arrivée, amoureuse égarée sur cette île dont je ne connaissais rien. Elle savait ça, elle comprenait, je n'ai pas eu besoin de lui expliquer.

Avec Tina, on s'est fait des repères. Le soir, elle passait me chercher chez Greg, laissait Raph chez Annie et Pierre. On s'arrache, elle lançait, et je rigolais parce qu'on n'allait vraiment pas loin. Un verre au port, ses mains attrapaient la chope de bière, la posaient à plat. Tina cheveux courts, fine lame. Je veux être elle, je me disais. J'aimais la regarder faire, je me sentais en apprentissage. Sept ans d'écart, je pensais, j'ai encore le temps de devenir Tina.

Les après-midi, Raph restait avec nous, petite présence joueuse. Ses yeux qui voyaient tout, ses jambes qui filaient. Elle et moi, on a mis du temps à s'apprivoiser. Raph s'enfuyait dès qu'un inconnu débarquait, blottie dans sa chambre jusqu'à ce que je parte, ou dans le jardin, entre les pots de fleurs. Parfois elle faisait comme si je n'étais pas là, se servait dans les tiroirs de la cuisine, parlait au chat ou à sa mère sans m'accorder un regard. En arrivant chez Tina, j'avais souvent l'impression de briser une bulle, une enveloppe autour d'elles, fil tendu entre la mère et la fille, noué dans les gestes, se passant de parole. Je n'osais pas le défaire. Et puis, en sautillant, Raph avait tourné autour de moi, cherché des chemins pour se rapprocher. Un mètre après l'autre, un pas, une pause, pour se faire à cette face d'inconnue, cette intruse qui s'asseyait à la table de la cuisine, tournait une cuillère dans son café.

Les tasses vidées, Tina proposait d'aller à la plage. Raph courait dans le jardin, traversait les bruyères, revenait nous tirer par le bras. On jouait à devine si la mer est haute, et la petite gagnait toujours. Apprends-moi la plage, je lui demandais, et elle me désignait les algues, les mollusques, les oiseaux de rivage. Ensemble on jouait à être des cailloux, des goélands, des crabes. Tina ouvrait un livre, allait nager, se promener. Elle s'endormait sur sa serviette et Raph glissait des algues dans ses cheveux.

Un soir, on rentrait de la plage, le soleil allongeait les ombres sur la lande. Tina nous devançait, rentrait vers la maison. Raph avait pris ma main et ce geste, la confiance pure qu'elle m'accordait, m'avait touchée. Je m'étais sentie chanceuse.

Tina me rejoint sur les rochers, le papier du sandwich roulé dans sa main ouverte. Je la sens perdre pied. Je me lève, l'entraîne loin du groupe, sa main glisse dans la poche de mon K-Way. Elle s'appuie contre moi. On a des nouvelles des autres équipes ? je lui demande. Au nord : rien, elle articule. À l'ouest, rien, au sud non plus. Sa main agrippe ma poche. Les plongeurs n'ont rien trouvé, elle ajoute, et c'est à la fois de l'espoir et de la détresse.

Je me demande ce qu'on fait là, souffle Tina. Il est trop tard pour se promener, on a assez marché, on en a assez fait, je dois rentrer à la maison pour m'occuper d'elle. Peut-être qu'elle est chez Greg, qu'il va la ramener, que c'est une blague qu'ils me font depuis hier. Elle va arriver, dire bouh, on rigolera et tout sera fini. Marielle, je suis retournée dans l'épave ce matin, j'ai encore envie d'y aller, je te jure je veux y retourner, je sais que ça ne sert à rien mais je vais y aller, jusqu'à ce que la marée monte, j'ai regardé partout, tous les endroits qu'elle connaît, je ne sais pas, je me dis qu'elle aurait pu laisser quelque chose, un indice pour moi, qu'elle se cache pour les autres et qu'elle m'attend. Mais il n'y a rien. J'ai l'impression qu'elle me trahit, mais c'est moi qui foire tout. C'est moi qui ne la retrouve pas.

Lili

Le canapé m'avale. La pluie tombe sur la baie vitrée et je me demande si cette journée a une fin. J'ai fait toutes les choses que je pouvais faire dans cette maison, toutes les activités possibles avec les jumeaux. Il y a des jouets partout dans le salon, le reste du repas dans les assiettes, sur la table, les fourchettes les unes sur les autres. J'ai réchauffé du gratin, les jumeaux ont parlé la bouche pleine pendant tout le repas, les choses se passent sans encombre. Elle revient quand maman ? Ils vont retrouver Raph ? sont leurs phrases préférées depuis ce matin.

Ils veulent jouer dehors mais je n'ose plus ouvrir les portes de la maison, cette histoire de kidnappeur m'a refroidie. Je vois qu'ils se contiennent, qu'ils laissent en dedans toutes les questions qu'ils voudraient poser mais que ça les travaille, ça carbure en dedans. Allongés sur le carrelage ils regardent le jardin à travers les vitres. Joe tire sur les vêtements de son frère, Marin chante à mi-voix pour le pousser à bout. Je remonte le plaid jusqu'au menton, m'enfonce dans le canapé, l'ordinateur sur mes genoux, le bol de céréales en équilibre sur le clavier. J'ai encore faim pour un repas entier. Un paquet de gâteaux est ouvert par terre pour les jumeaux. Puisqu'on est enfermés, j'ai décidé qu'on avait le droit de tout faire.

Toutes les cinq minutes, j'actualise la page des infos sur l'ordinateur, j'envoie des messages à la mère qui ne répond pas, je m'ennuie comme jamais. Belle idée ça, de rentrer chez soi le jour d'un enlèvement. Les restes dans les assiettes m'empêchent de faire quoi que ce soit. La table ne va pas se débarrasser toute seule, c'est bien une phrase de la mère, j'entends sa voix dans ma tête et je reste au fond du canapé, j'ouvre des vidéos de gens qui font le ménage au lieu de ranger. Je veux un appartement à moi, un endroit où vivre sans frères ni mère, sans les trente filles de l'internat, sans emballages, sans jouets, ni odeurs de parfums et de cigarettes fumées en cachette.

Elle rentre quand maman ? Marin s'est assis sur le rebord du canapé, tout près de moi. Je t'ai déjà dit qu'elle rentrerait tard, quand il fera nuit, je réponds. En vrai je n'en sais rien, mais la nuit ça donne de la marge. On va à la mer, décide Joe en tirant le plaid. Je regarde l'écharpe de maman sur la chaise, je me demande comment elle fait pour survivre avec ces deux humains taille réduite à ses basques tout le temps. Marin se frotte à moi, Joe répète on va à la mer, regarde, il ne pleut plus. Approchez ! j'ordonne.

La joue de l'un sur mon épaule, l'autre sur mon genou, je glisse un écouteur dans l'oreille de chacun, lance la playlist du père, celle que j'écoute tout le temps quand je rentre sur l'île, qui me fait de moins en moins mal au ventre avec les années. Je les sens bouger la tête contre le plaid. *J'avais dessiné, sur le sable.* Ils n'ont pas connu le père, pas assez longtemps pour s'en souvenir, mais ils savent les paroles par cœur. Les cheveux de Joe remuent sur ma jambe, Marin chuchote. *Son doux visage, qui me souriait.* Ça fait drôle ces mots-là, dans sa bouche d'enfant. Les accords de piano passent à travers les écouteurs et j'essaie de ne pas penser aux dimanches où j'avais la taille de mes frères, quand le père me soulevait du sol en chantant, exagérant chacun des mots qu'il prononçait. *Puis il a plu, sur cette plage, et dans cet orage, elle a disparu.* Marin pianote sur mon épaule. J'essuie un reste de chocolat sur la joue de Joe. La mère a quand même de la chance de les avoir avec elle.

Au refrain, Joe tire sur le fil des écouteurs et la musique envahit le salon. Suivi par son frère, il saute du canapé et, main sur la poitrine, reprend le refrain. *Et j'ai crié, criééé, Aline, pour qu'elle revienne…* Ils s'arrêtent sur chaque syllabe, imitant le chanteur, leurs voix fluettes m'entraînent et je repousse le plaid pour les accompagner. On danse tous les trois devant la baie vitrée. Les jumeaux martèlent le sol des talons, et entonnent en chœur, dans leurs poings repliés en micros. *Et j'ai crié, criééé…* J'attrape leurs bras pour les faire tourner, traverse le salon en me cognant à la table. J'empile les assiettes, vide les restes et tourbillonne dans la cuisine.

Je me suis assis, continue le chanteur, et mes frères manquent la moitié des paroles, se rattrapent en yaourt. Les mots résonnent dans la maison. En chaussettes je glisse sur le sol du salon, passe une éponge sur la table. *Je l'ai cherchée, sans plus y croire.* Je rassemble les emballages de biscuits, pousse les jouets dans un coin de la pièce, les empile les uns sur les autres et les jumeaux viennent me prêter main-forte. Ils chantent toujours et je me demande si cette chanson est joyeuse ou désespérée.

Le refrain reprend, et j'attrape les manteaux de mes frères, passe leurs bras dans les manches, remonte la fermeture. *Aline, pour qu'elle revienne…* Dehors, une corneille gratte le sol qui brille sous l'éclaircie. Marin et Joe sautent dans leurs chaussures, alignées sur le paillasson de l'entrée. *Et j'ai pleuré, pleurééé…* Je replie le plaid, le dépose au coin du canapé. Joe saute à pieds joints devant la porte. J'enfile mon K-Way, prends Marin par le bras. On va où ? demande Joe. J'attrape l'écharpe de maman, l'enroule autour de mon cou. Allez, les terreurs. On s'en va. La chanson se termine et je referme l'ordinateur. On va où ? répète Martin. On va apporter son écharpe à maman, il fait froid, elle en a besoin.

Maud

Milieu de l'après-midi, je sens la fatigue s'emparer de mon corps. Il ne faut pas s'arrêter maintenant. Si je m'écoutais je me roulerais en boule dans un coin, trouverais une cavité dans la roche pour dormir. Cinq minutes, pas plus, assez pour retrouver des forces. Me reviennent au creux des paupières les matinées de RER, le front contre la vitre, le livre qui me tombait des mains. Fermer, ouvrir les yeux, les pieds sur le quai, terminus, inspirer et me dire ça va aller, dans les oreilles déjà trente voix d'enfants. Quand je suis arrivée ici on m'a dit c'est une classe de six, et j'ai eu un vertige. Le silence aqueux du village m'accompagnait jusqu'à l'école et je me disais, légère, ici je vais dormir, dormir, dormir.

Les habitants nous ont emmenées plus loin que la plage, derrière eux j'ai suivi les bords escarpés de la côte, les fougères, la terre se retient toute seule aux racines, j'ai manqué de tomber plusieurs fois. Mes chaussures sont pleines de boue. Des bras m'ont rattrapée, m'ont aidée à gravir la pente. Je relève mes cheveux du plat de la main. J'ai croisé les parents des élèves, la mère de Joe et Marin, le père de Millie, ils se sont approchés, sont venus me parler, je ne sais pas quoi dire, dans un coin de cerveau je crois qu'ils me détestent, qu'ils me remercient, pourtant, à demi-mot, d'avoir perdu Raph au lieu de leurs enfants. Je me demande si après tout ça ils me renverront.

Plus de douze heures désormais, je commence tout juste à comprendre qu'ils ne la retrouveront pas. Tout à l'heure, Tina parlait avec la commissaire qui regarde tout le monde par-dessus ses lunettes. Je sais qu'ils ont élargi les recherches au continent, à la ville d'en face où m'attend Marek. J'imagine un Zodiac traverser la rade dans le brouillard, la petite fille dedans. Personne n'a rien vu, pas même les vigies dans leur sémaphore.

Ce matin, Marek m'a dit qu'il restait jusqu'à dimanche. C'était étrange de l'avoir au téléphone. Je me rends bien compte, quand il n'y a que les mots, que les visages et les gestes font le plus dans nos conversations. Il a proposé de venir, d'aider pour les recherches, j'ai dit il n'y a plus de bateaux et c'était vrai, je me demande s'il a entendu le *non* distinct derrière ces mots. Je ne sais pas ce qu'il ferait ici. Il n'y a rien de ce qui existe pour nous ailleurs, rien qui nous rassemble. Je me demande ce qui nous réunit. Les rues nocturnes, éclairées, les quais, les verres dans les mains, la fumée. On sort ? dit toujours Marek. Ici, on sort, ça existe à peine.

Avant l'île, je ne m'étais jamais demandé si avec lui ça continuerait. Il n'était pas français, un jour il repartirait – se voir, c'était suffisant. Depuis que je suis là, j'ai le temps d'y penser. Parfois il me manque tellement que je m'évapore. Parfois je me dis que nous, c'est rien, que ça n'a jamais existé. Ce n'est plus tangible. Plus on s'éloigne, plus j'ai envie de poser des mots sur les choses. Lui dire on est ensemble, tu crois ? Ça va continuer, tu veux qu'on continue ? Combien de temps, et combien de mois, combien d'années, et comment faire pour que ça dure ?

Je me demande comment font les autres avec ces questions. Au village les choses ont l'air simple, je me demande combien de doutes dans les foyers, combien d'ornières sous les lits. Les gens ont eu leur lot de départs et de retours. J'observe Marielle et Greg, qui se parlent à peine mais ne se lâchent pas. Ils veillent l'un sur l'autre. Je sais qu'ils vivent ensemble, dans une maison qui ressemble à un bungalow, au nord de la plage. Greg y vivait seul avant qu'elle arrive. Marielle me l'a raconté entre deux passages dans la salle de classe, deux coups de balai. Elle m'a dit quand je ne sais pas quoi faire, je vais nager, et je me demande combien de jours de nage avant qu'elle ne s'installe avec lui.

De son côté, Tina a vite réglé la question du vivre ensemble et de la durée. Je ne sais pas qui est le père de Raph. Sur le dossier scolaire, il y a marqué Sven Berg – saisonnier. Je me demande s'ils ont vécu ensemble, si ça s'est mal passé. Marielle m'a dit qu'elle était arrivée seule et enceinte, que Raph n'a jamais connu son père. Peut-être qu'elle lui donne des nouvelles, qu'elle lui envoie des photos de la petite. Je me demande s'il la reconnaîtrait s'il la croisait quelque part. Je l'imagine revenir, arriver sur l'île pour chercher sa fille, l'emmener avec lui. Un homme caché dans les ruines du lavoir, une main sur la bouche de Raph pendant que la bruine s'épaissit. J'ai envie de demander à Marielle est-ce que tu en sais plus ?

J'accélère le pas pour réduire la distance, la rattraper. Elle s'est arrêtée, plus haut sur la falaise, les mains sur les cuisses pour reprendre son souffle. Main tendue vers moi, elle me fait signe de ne pas m'approcher. Une odeur acide monte du sentier. Je me détourne pour ne pas la regarder vomir. Elle crache, se redresse, fait quelques pas dans l'herbe. Je remonte, lui tends la gourde que Tina m'a confiée ce matin. Marielle boit longuement, fait couler de l'eau sur son visage, s'essuie la bouche d'un revers de manche. Merci, elle dit.

Tina

Une file de silhouettes sur le sentier. Maintenant que l'eau monte sur la plage, tout le monde descend vers le sud. Je me retourne pour regarder l'épave entourée par les vagues. L'effet des calmants s'estompe et je sens la mâchoire crispée, les tiraillements sous les poignets, la chaleur des rayons sur mes joues.

Greg marche loin devant. Je ne vois pas Maud. Marielle me rejoint, pâle, des gouttes d'eau sur le visage. Ça va ? je lui demande. Elle hausse les épaules, ne me retourne pas la question. Elle s'éclaircit la voix. Tina, cette disparition. Tu ne crois pas que ça pourrait être Sven ?

Je la regarde sans répondre. Elle secoue la tête, l'air de dire oublie. On se met à marcher, côte à côte sur le chemin, elle monte plus haut pour me laisser la place. Sven ici. Bien sûr que j'y ai pensé. Sven qui ne sait rien de Raph. De lui j'ai tout oublié, et j'y pense tous les jours. Un taiseux au milieu des autres, assis sur les caisses de pommes, dans une veillée de saisonniers. Sans le regarder je sentais sa présence dans les angles, la lisière du regard. Sa langue qui n'était pas la nôtre excusait son silence.

Je ne sais plus comment on s'était retrouvés un hiver, à garder la maison d'un couple de fermiers, le troupeau de chèvres. Les autres saisonniers rentraient pour les fêtes. Moi la famille, ça me disait rien, et lui n'avait personne avec qui passer le réveillon. Les patrons nous avaient dit merci, c'est notre premier Noël ailleurs depuis longtemps.

Ces jours ensemble, dans cette ferme des Cévennes. Traite le matin, le soir aussi, le fromage à faire le reste du temps, le foin à donner, nettoyer l'étable et toutes les réparations dans la grange, la maison. Sven imperturbable et moi qui disais des choses banales, en boucle parce que ça me gênait, ce silence. Le soir du réveillon j'étais revenue de la traite avec du pain et du fromage, j'avais voulu lui dire quelque chose comme Joyeux Noël mais je ne savais pas ce qu'on souhaitait sur son île à lui. Sven avait fouillé dans les placards, servi du cidre dans deux tasses ébréchées. Le bruit de la faïence qui se cogne avait résonné dans la grange.

Pas très festif ce repas, j'avais pensé. La radio grésillait un peu, des chants de Noël sur l'étagère. Sven avait tiré une caisse de pommes devant lui, sorti son couteau. L'épluchure en spirale était tombée entre ses chaussures. Attrape, il m'avait dit en lançant la pomme. Dans mes mains le fruit était sculpté, une dinde de Noël miniature. J'avais croqué dedans. Délicieux. La meilleure dinde que j'aie jamais mangée, j'avais dit.

Penché, Sven continuait à sculpter. Entre ses mains les pommes devenaient papillotes, pommes duchesse, cadeaux minuscules. À la fin, il m'avait tendu un morceau de fruit plat et rectangulaire. C'est quoi ça ? j'avais demandé. Il s'était redressé. Tu ne reconnais pas ? Je donne ma langue au chat. Votre truc français, il avait précisé, en le posant à plat sur du pain. J'avais éclaté de rire. Du foie gras. Merci, Sven.

Il avait augmenté le son de la radio, resservi du cidre. Je ne savais plus bien en quelle langue on parlait. Le festin terminé, il s'était mis à chanter, d'une voix gutturale et tranquille. L'air creusait des sillons sur le sol de la grange, sa voix se perdait entre les notes, se retrouvait toujours. Je regardais ses pommettes hautes, les plis sous les yeux, les cils transparents. C'était peut-être l'hiver, la chanson, la certitude de ne plus se revoir après, je n'avais jamais fait ça, je lui ai demandé Sven, je peux dormir avec toi dans le camion. Il était arrivé avec, dans les Cévennes, son lit était dedans.

Du reste je ne me souviens pas, si ce n'est le froid, la couverture rugueuse, les souffles mêlés et la gaucherie de ce corps que je ne connaissais pas. Dans le noir il m'avait demandé plusieurs fois, tu es sûre ? J'étais sûre de ça, mes bras qui l'agrippaient, la respiration enflait. Quand les patrons étaient revenus ils avaient dit ça a l'air d'aller vous deux.

Le dernier jour, Sven m'avait emmenée à la gare. À l'avant du camion, je lui avais dit depuis quelques jours, les seins qui me font mal, la nausée, je crois que je suis en enceinte et je vais le garder. Il avait arrêté le camion. Tu es sûre ?

Je savais que lui et moi, ça n'était pas possible. Sven c'était les saisons, et moi je voulais m'arrêter, et je ne voulais pas vivre avec quelqu'un. Ni adresse ni téléphone, je n'avais gardé de lui que ce qu'il y avait dans mon ventre. Sur le quai de la gare il avait fredonné la chanson de la grange, et je l'avais encore dans les oreilles en montant dans le train. Dans mon sac à dos, j'avais découvert une petite chouette en bois, ses initiales gravées sur la patte gauche. J'avais pensé il n'a rien gardé de moi.

La première semaine sur l'île, j'avais regretté. D'être partie, de ne pas lui avoir proposé de venir. J'avais pensé tu es folle, folle de croire que tu peux élever un enfant toute seule, j'avais failli partir à sa recherche.

Redescendre dans les Cévennes, retrouver les patrons, leur demander il est où, lui dire reviens, reviens, je ne peux pas vivre sans toi. Et puis c'était passé. Je ne connaissais rien de lui, des pommes sculptées, une mélodie, un souffle sous les couvertures. J'avais toujours vécu comme ça.

Un jour d'hiver, j'avais cru le voir. Je sortais de l'épave, aveuglée par la lumière du dehors. Quelqu'un était devant la mer, hautes bottes bleues, ciré gris, capuche remontée sur la tête. Les pieds dans la vase. Quelque chose dans la manière de mettre les mains dans les poches, de recevoir le vent, sans bouger, accueillir l'horizon. Je m'étais dit il est revenu. Il revient la chercher. Je m'étais approchée. L'homme chantait dans une langue d'ici, une chanson de la côte qu'on récite les soirs de fête. Sven ?

Il s'était retourné. Les boucles rousses sous la capuche, les yeux rieurs. Oh pardon, j'avais dit. J'avais reculé d'un pas. Pas de mal, avait répondu l'homme. Faussement solennel, il avait tendu le bras pour me serrer la main. Enchanté, je m'appelle Greg.

Lili

L'écharpe flotte autour de mon cou, les écouteurs coincés dedans. Une main dans ma main, de chaque côté, les jumeaux avancent, évitent les flaques, les mottes de terre laissées par les taupes. Les prés s'étalent devant nous. Si jamais on nous demande, on rejoint maman. Les frères sont sages, ils ont dit oui, capuche sur la tête pour ne pas se faire remarquer. J'ai choisi le chemin le moins fréquenté. Les habitants marchent sur les plages, le long de la route, dans les champs qui bordent le phare, près des ruines, du lavoir abandonné. Le nez dans le ciré, les jumeaux remontent les fermetures jusqu'au menton. Joe tire sur les lanières de sa capuche, la toile se plaque contre son crâne, il roule des yeux extraterrestres. Marin se retient de rire. Des moutons détalent à notre approche.

Longeant les haies, espions embusqués, on traverse la plaine. Autour, il n'y a personne. Marin a lâché ma main, reste près de moi. J'ai mal au ventre, mélange des règles et de l'alarme discrète qui sonne quelque part sous mes tempes. Je ne suis pas tranquille. Les clés de la maison tintent dans mes poches. Un hélicoptère survole les champs et Joe, d'un seul mouvement, se jette contre le sol. Tout le monde à terre, chuchote-t-il en retournant son visage aplati dans l'herbe. Marin se jette sur son frère. J'essaie de les relever. On a dit quoi ? On ne se fait pas remarquer. Je bataille, les tire en arrière. D'un même élan, les deux garçons se remettent sur leurs pieds et détalent à l'autre bout du champ. Le bourdonnement de l'hélicoptère s'atténue.

Marin et Joe reviennent en haletant. Laissez-moi tranquille, j'ordonne, lassée, et je mets mes écouteurs. L'un et l'autre attrapent mes bras. Joe, les joues rouges, reprend son souffle. La chanson démarre dans mes oreilles. *C'était l'automne, un automne où il faisait beau.*

Depuis que je suis à l'internat, la mère me laisse me promener toute seule les week-ends quand je rentre. Je redécouvre l'île. Difficile, quand je reviens, de ne pas avoir huit ans. *Là-bas on l'appelle l'été indien.* Dans le garage, elle a gardé la paire de bottes jaunes que je portais quand j'étais petite. Ça me paraît impossible de me dire qu'un jour j'ai eu des pieds de cette taille. La fièvre du dehors, courir dans les sentiers, le ciré qui se gonfle, j'ai gardé tout ça. *Je me souviens très bien de ce que je t'ai dit ce matin-là.* Une pile de cassettes dans un coin de ma chambre, le père nous emmenait sur le bateau les jours les plus calmes, et le magnétophone tournait. Ma voix d'enfant, je ne la reconnais pas. Haute, flûtée, confiante. La sienne n'articule pas, je décèle une pudeur dans la rudesse, les rires cachés sous sa barbe. *Il y a un an, un siècle, une éternité.* J'entends souvent sa voix. Il donne des conseils. Parfois j'écoute, parfois non.

Les jumeaux ont atteint l'autre bout du pré, ils se contorsionnent pour franchir un pan de clôture. Le soleil tombe sur les champs. *On ira, où tu voudras, quand tu voudras.* Les semaines après la mort du père, je n'allais plus à l'école. Un genre de vacances imprévues. Tout le monde venait à la maison, les tantes, les cousins, les grands-parents, ils étaient arrivés du continent. Joe et Marin, minuscules dans leurs couffins, la mère assise sur le canapé, qui n'arrivait plus à s'occuper de nous. *Toute ma vie sera pareille à ce matin.* Je montais dans ma chambre, en tailleur sur le lit, des tours de livres autour de moi, piqués dans la chambre du père, une cabane, les piles s'effondraient pendant la nuit.

Ma grand-mère m'emmenait en promenade, je lui tenais la main. Il faisait doux, orangé sur la mer. La tiédeur des rayons réchauffait mes joues, et je me disais je suis en vie je suis en vie, je me le répétais pour ne pas l'oublier.

Les prés descendent jusqu'à la grève. C'est un endroit à l'abandon, le sol couvert de blocs de pierres ramenées par les vagues, tombées de la falaise. En suivant la côte on peut rejoindre la plage par le sud, passer sous l'arche qui relie le flanc sauvage à l'épave. La mer monte, atteint déjà les rochers. On passe par là, je dis aux jumeaux. Personne ne nous verra ici. Pour passer il faut grimper sur les rochers, contourner les crevasses, éviter les vagues qui surgissent au-dessus. Je fais la courte échelle à Marin, tire le bras de Joe, les hisse sur la roche. Ils sautillent sur mes talons, glissent entre les failles, passent d'une pierre à l'autre, contournant les restes bétonnés d'un blockhaus écroulé sur les galets. Ici, il y a un souterrain aux parois obstruées. Je sais qu'il relie plusieurs coins de l'île, qu'il y a un réseau sous la terre, la plupart des entrées bloquées par les éboulis. Le père m'en parlait parfois en promenade. Il m'expliquait qu'on l'avait creusé pendant la guerre, pour circuler plus facilement. Tu entends les fugitifs marcher sous le sentier ? disait-il en faisant trembler le sol, et je riais pour cacher ma peur.

Regardez, s'écrie Martin en désignant des plongeurs au loin. La plage est bientôt là, il faut avancer, la mer monte plus vite que je ne le pensais. Je sens à chaque pas le sang descendre plus bas dans ma culotte.

Je retire mon K-Way, le noue autour de ma taille. Allez, plus vite, je dis aux garçons. Ils fatiguent, je le sens.

On ne voit plus les champs, plus le sentier, derrière chaque rocher, un autre rocher, l'arche doit être là, encore un petit effort. *Je me souviens des marées hautes. Il y a une éternité, un siècle, un an.* J'arrache le dernier écouteur accroché à l'oreille, roule le cordon dans les poches de mon jean. Le bruit des vagues est de plus en plus fort.

Alma

À travers les roseaux je vois briller le ventre de l'oiseau, arrondi duveteux, la bille noire de l'œil sous le liséré clair, trace de pinceau dans les plumes. Les deux pattes sur la branche, oscillations de boussole. Je ne cille pas. Accroupie dans les marais, j'essaie de percer le mystère de son agilité, son équilibre. Autour, les appels éraillés des bruants, de l'agitation derrière les arbres. Une seconde, et le pouillot s'est envolé.

Je me relève, géante au-dessus des roseaux. Des fourmillements dans les mollets qui s'étirent, aux lisières de ma vision le ciel devient violet. Je me suis levée trop vite, m'accroche aux ajoncs qui ne me soutiennent pas.

Ça va ? Une femme attend à l'orée des marais. Longue tresse brune sur un gilet de laine, je la distingue à peine dans le contre-jour. Vous avez failli tomber, constate l'arrivante.

Je reprends mon sac à dos. Ça va, je réponds. Ça fait longtemps que je n'ai pas mangé. L'auberge n'est pas loin, dit-elle en désignant la bordure des arbres. Venez vous poser un peu. Elle tourne le dos et sort des roselières, le chien sur ses talons. Je n'ai pas l'habitude de suivre les gens. En temps normal, on ne m'adresse pas la parole. Je me débrouille. Mais j'ai vraiment très faim, alors je les suis.

Au sortir des marais, les hauts murs de l'auberge, les volets peints bleu nuit. La porte est ouverte. Je racle mes chaussures au bord de la terrasse pour enlever la terre. À l'intérieur, la salle est vide. Pas grand monde aujourd'hui, élude la tenancière en retirant son gilet. Les gens sont allés aider aux recherches. Elle me fait signe de m'installer. Des tables sont alignées sur un sol jaune. Je pose mon sac contre le mur, glisse mes jambes sur un banc de bois.

D'une vieille chaîne hi-fi s'échappe un boléro. Sur les murs, des horloges aux noms de ville. Paris, Tanger, Buenos Aires, Reykjavík. Toutes bloquées à des heures différentes. Le chien s'est allongé près du comptoir. Moi, c'est Karen, annonce la tenancière. Elle pose sur la table une assiette, deux tranches de pain, du beurre et de la confiture. Merci, je dis. Alma, j'ajoute.

Elle s'éloigne dans la cuisine. J'étale le beurre en plaques grossières, mords dans le pain. J'essaie de ne pas terminer le tout en une bouchée. Karen me sert une tasse de thé, laisse près de mon assiette un pain entier. Servez-vous autant que vous voulez. Elle attrape un paquet de tabac sur le comptoir et sort sur la terrasse.

Le beurre fond sur le pain. Je bois le thé en me brûlant la langue, observe les traces humides sur le sol. J'ai peur de sentir mauvais. Dans les étages, quelqu'un fait grincer le parquet. Le disque est arrivé au bout, tourne sur lui-même dans le boîtier. Je me relève, repousse le banc, hisse mon sac sur l'épaule.

Dehors, Karen est assise sur un banc de pierre, jambes dépliées, elle tire sur sa cigarette. Je vous dois combien ? je demande. Oh, dit-elle en chassant la fumée, rien du tout. Tu veux t'asseoir ? Elle tapote l'espace libre sur le banc. Je n'ose pas dire non. Une alouette fond en piqué sur la terrasse, reprend de la hauteur et s'éloigne. Tu devais repartir hier ? me demande Karen. Elle me dépasse d'une tête. Oui, je réponds. Elle écrase sa cigarette, jette le mégot dans un arrosoir à ses pieds, soupire. C'est pas beau ce qui se passe. Et la tempête qui arrive.

Les nuages sont épars à l'horizon. Ça souffle dans combien de temps ? Elle regarde une montre invisible sur son poignet, repose la main sur sa cuisse. Début de soirée. Je me redresse sur le banc. Qu'est-ce qu'il se passe si on ne la retrouve pas ? Elle envoie sa tresse derrière son épaule. Je ne sais pas.

Une enfant qui disparaît, ça arrive souvent ? Je regrette déjà d'avoir posé la question. Elle doit se dire normal qu'elle se taise, la femme au sac, parce que quand elle parle c'est pas très joyeux. Elle a replié une jambe sur le banc, ses yeux balaient ma polaire. Elle réfléchit.

Depuis que je suis née, je ne crois pas. Des marins morts en mer, des hommes jamais revenus, ça oui. Sur les rivages, aussi. Mon oncle Yann est mort emporté par une vague quand j'étais petite. Il gardait le phare. Une nuit de grande marée, il est sorti, personne ne sait pourquoi. Accident, suicide… il était doux mon oncle, et être tendre ici, c'est pas toujours heureux. Mais pardon, je t'ennuie peut-être avec mes histoires.

Je secoue la tête. J'espère qu'on la retrouvera. Qui sait, souffle-t-elle, les choses ne se passent jamais comme prévu sur nos récifs. Une aigrette pousse un cri aux abords des marais. Le silence s'allonge.

En fait, reprend Karen, une enfant a disparu, il y a longtemps. Ma tante Yuna, qui vit sous le phare. Vous avez dû la croiser, elle se promène, parle toute seule, débloque un peu. Elle allait jouer sous les falaises quand elle était petite. Un jour, un éboulis, je ne sais plus bien, elle s'est retrouvée coincée dans une grotte. Deux jours, deux nuits sans voir la lumière.

Une bruine légère recouvre le sol de la terrasse, encercle nos chaussures. Qui l'a retrouvée ? je demande. Karen lève la tête vers le ciel, s'essuie le front de la main. À vrai dire je ne me souviens plus, avoue-t-elle en se relevant. Il faudrait demander aux anciens, ceux du port, ils savent tout cela. De l'eau s'échappe du haut du toit. Allez viens, on va s'abriter, dit-elle en m'entraînant à l'auberge.

Tina

Des flaques entre les voitures. Les équipes se rejoignent sur le parking. En bas, sous les falaises, la mer a recouvert presque toute la plage. Les rangs sont clairsemés, beaucoup sont rentrés s'occuper des enfants, restés à l'intérieur toute la journée. Aurore rassemble ceux qui restent, sert des gobelets de café imbibés de pluie. Quelqu'un a proposé de se retrouver à la mairie, au chaud dans la salle des fêtes pour faire le point, j'ai refusé. Je ne veux pas m'éloigner de la plage. Il faut s'arrêter, j'entends murmurer dans mon dos, on n'est plus efficaces et le vent se lève. J'aspire le café à grand bruit.

Au centre du cercle de fronts baissés sous les capuches, Aurore explique que la tempête arrive, qu'on a plus le temps, les rafales vont être fortes, ne tentons pas le diable. La commissaire, ses lunettes trempées, ajoute que les recherches sont étendues au continent, un plan alerte enlèvement a été mis en place dans la région, des barrages routiers, un numéro vert, des brigades déployées partout. Toutes les pistes seront exploitées, elle dit, et je me demande ce qu'on exploite quand on a zéro piste. Maud s'extirpe du groupe, rejoint Aurore. Elle n'élève pas la voix et tous se rapprochent. L'école sera ouverte demain pour garder les enfants, elle assure, tout élève est le bienvenu, mon collègue sera là pour les accueillir, moi je continue à aider aux recherches. Rendez-vous demain, six heures, reprend Aurore, le vent tombera dans la nuit. Le temps qu'elle finisse sa phrase et les bourrasques se lèvent, les nuages gonflés de pluie cernent le parking.

Dans une flaque à mes pieds, je croise le regard de Marielle, inquiétude dans ses yeux, les cheveux qui retombent sur le ciré. Moi dans l'autre flaque, mèches humides plaquées sur le crâne, je ne me reconnais pas. L'eau se brouille. J'avais les cheveux longs quand je suis arrivée, plus longs que Marielle, ils m'arrivaient au milieu du dos. Ils s'emmêlaient tout le temps. Quand Raph est née, elle a commencé à y enfouir ses mains, chercher dans la masse, à s'y accrocher, tirer sur les mèches qui dépassaient. Les tiraillements dans le cuir chevelu, les premiers mois, quand j'allais au village, la petite dans le dos, un chignon bancal sur le haut du crâne, la même tenue pendant des semaines. L'épicière, les taches sur mon pull, les boîtes de lait en poudre parce que allaiter me faisait mal, les questions muettes, hostiles au fond des gorges. Il est où le père, qu'est-ce que tu fais là, pourquoi tu reviens dans une maison vide, tu es qui au juste ?

À force de ne pas avoir de réponse, je me faisais brique, rentrais les mâchoires serrées, seule dans la maison et ce petit être qui s'accrochait à mes cheveux. J'avais du mal à rester douce. Les nœuds s'accumulaient dans ma nuque. Un jour, des ciseaux à la main, toute seule devant le lavabo, j'ai regardé les mèches tomber une à une. Dans ma chambre j'avais trouvé des rubans que je nouais aux meubles, pour que Raph s'y agrippe. La petite sur le siège auto, j'étais retournée à l'atelier, avec dans ma nuque ce froid qui me rendait légère.

Greg n'avait pas commenté. Il avait ouvert la porte, montré un petit parc en bois au fond du bâtiment, tapissé de coussins. Quand tu auras envie de l'avoir près de toi. Parfois, Raph restait chez Annie et Pierre, parfois elle jouait dans son parc, dans l'odeur de sciure. Ébéniste, Pierre façonnait des meubles pour les habitants, Greg réparait des objets et sculptait le bois flotté, et les panneaux, girouettes, cadres, plateaux, s'entassaient sur les tables de l'atelier.

Après notre première rencontre sur la plage, j'avais commencé à l'aider. Il y a du travail dans le coin ? j'avais demandé, et Greg avait senti mon besoin immense de faire quelque chose. Au départ je l'accompagnais dans ses collectes. La mer ramenait des planches sur la grève, on chargeait sa voiture de planches humides. Les conversations étaient faciles à l'avant du pick-up. Greg commentait tout ce qu'il faisait, sans s'en rendre compte, et je l'imitais pour lui faire perdre patience. Au fur et à mesure de la grossesse, il avait tenté de me dissuader de porter les plus lourds morceaux de bois. Les derniers mois, alors que je m'acharnais sur une caisse, il m'avait proposé de venir travailler à l'atelier.

Quelque chose dans les murs élevés, les poutres, les vieilles pierres, me rappelait les Cévennes et les cageots de pommes des saisons. Je m'y sentais bien. Pierre avait commencé par m'ignorer. Entêtée, j'apprenais lentement, venais le voir à chaque ratage, lui posais question sur question sans me soucier de son humeur. Des finitions, de la peinture, j'étais passée au ponçage puis aux mesures, à l'assemblage des meubles. Peu à peu il s'était accommodé à ma présence, me faisant écouter de vieilles musiques bretonnes, m'apprenant des mots, des pas de danse quand il était en forme. Greg s'y essayait aussi, et son père se moquait quand il n'arrivait pas à tenir le rythme. De manière générale, se moquer de Greg nous avait rapprochés, Pierre et moi.

Quand on partait livrer les meubles à l'autre bout de l'île, on pouvait écouter autre chose que les chants bretons. Greg mettait les cassettes des groupes punk du coin, je lui passais des disques de folk que j'avais retrouvés dans le grenier de la maison.

Un matin, un lit d'enfant dans la remorque, on avait sonné chez Aurore. Devant la porte, on s'était retrouvées elle et moi, face à face, nos deux ventres ronds qui se touchaient presque. Elle avait ri. Venez prendre le café. Son mari Jacques était en mer, Lili, toute petite, se cachait sous la table. En fait, avait annoncé Aurore, il va me falloir un deuxième lit. Ils sont deux là-dedans, avait-elle dit en montrant son ventre.

Aurore m'emmenait pendant ses tournées, deux femmes enceintes dans la camionnette, ça tanguait pas mal. J'avais commencé à parler aux gens du village. L'épicière demandait de mes nouvelles, la patronne du café m'offrait des limonades, je ne fuyais plus les regards.

Quand Jacques était mort, que la famille d'Aurore était repartie après l'enterrement, j'étais venue la voir tous les jours. Raph, Joe et Marin alignés dans le salon, Aurore ouvrait les albums photos sur la table basse. Jacques enfant sur un bateau, casquette de marin sur la tête, première communion devant l'église du village, Aurore et Jacques, tout jeunes au café, Jacques près du phare, une fillette aux cheveux frisés sur l'épaule. Les tasses se multipliaient sur la table. Avant de partir, j'aidais Aurore à faire la vaisselle. L'éponge à la main, elle me disait pourvu que mes enfants n'aiment pas la mer.

Des voitures démarrent sur le parking, les phares allongent les flaques sur le sol. Certains ne se décident pas à partir, s'attardent au bord de la falaise. La pluie tombe droit. Des gens se disent à demain, Aurore récupère les gobelets vides, les policiers guident les voitures jusqu'à la route. Regardez ! crie quelqu'un à l'autre bout du parking.

Un jeune homme a posé un pied sur les rondins pour lacer sa chaussure. Il se penche vers la plage. Il y a quelque chose en bas.

J'ai couru jusqu'à la barrière, Maud et Marielle sur mes talons. Les gens se ruent vers le bord. Je les pousse pour passer. Vous la voyez ? répète le jeune homme. La mer est montée jusqu'au bas des falaises. Arc-boutée sur le rondin, dans les flots troubles je vois flotter une botte en caoutchouc jaune. Maud s'agrippe à mon bras. Un enfant ! signale quelqu'un d'autre. Il y a un enfant dans l'eau ! Des bras, des épaules, une tête émergent de la houle. Je peux à peine respirer. Un deuxième, un deuxième sur les rochers ! Accrochée à la roche, une ombre tend la main à celui qui se débat dans les vagues. À l'écart une troisième, masse de cheveux clairs, glisse sur le flanc de falaise. Aurore, prononce Greg, livide, ce sont tes gosses.

NUIT

Lili

La radio est éteinte, dans la voiture. Un gobelet rouge à mes pieds, sur la moquette, la mère conduit imperturbable, le bateau en plastique accroché au rétroviseur se renverse à chaque virage. Tous mes vêtements sont trempés.

La mer est remontée plus fort que le vent qui nous arrachait aux rochers. Allez, plus vite, je sifflais entre les dents, Joe et Marin trébuchaient à chaque pas. L'arche s'ouvrait devant, quelques pierres dépassaient des remous, de l'autre côté, la plage n'existait plus, déjà recouverte par la marée, l'épave entourée d'eau. Ne pas s'arrêter, longer les falaises, au plus près des parois en pente, fissures sous les bottes, les pointes rocheuses au-dessus de nos têtes. Les jumeaux ne parlaient plus. Regard au sol, ils avançaient sans se regarder. J'avais vu les phares, les silhouettes en haut sur le parking. Maman est là-haut, j'avais indiqué à mes frères, pour les rassurer, on doit retrouver le sentier qui remonte vers la lande, on y est presque.

On y est presque, avait répété Marin, confiant, accélérant le pas, les graviers roulant sous ses chaussures. Doucement, Marin, j'avais ordonné. Se tournant vers moi pour me répondre, il avait perdu l'équilibre. Dans l'eau jusqu'aux épaules, tout habillé, il avait lancé une exclamation de frayeur. Marin ! avait hurlé Joe, se précipitant pour l'aider. Affolée, j'avais retenu mon frère par le bord de son ciré. Marin, reste calme, j'avais bredouillé en contenant les larmes qui me montaient aux yeux, enlève tes chaussures, surtout ne te débats pas. Ils vont venir t'aider, à l'aide ! je criais en agitant les bras vers les falaises. Je me noie, crachait Marin en remuant la tête, de l'eau jusqu'au menton.

Des bruits de bottes sur les rochers, des policiers descendaient le sentier, se précipitaient dans notre direction. L'un d'eux m'avait soulevée dans ses bras, éloignée du bord. Marin ! J'essayais de me dégager.

Sur le parking on m'avait déposée, grelottante de la tête aux pieds, frictionnée dans une serviette, je ne sais plus combien de temps, une femme au visage mauve était penchée sur Joe, s'occupait de lui, je ne voyais que des ombres, des jambes affairées. Et puis la mère s'est plantée devant nous. Elle n'avait jamais été aussi grande. Mon frère lui avait tendu son écharpe, petit tas jauni imbibé d'eau. Montez dans la voiture, elle avait tonné.

Martin était couché sur la banquette arrière, paupières fermées, ses cheveux trempés dépassaient d'une polaire rose. Il respirait. Je m'étais assise à l'avant. Mon jean collait au siège. À travers le pare-brise, j'avais vu arriver Marielle, jambes nues, ses boucles trempées, enveloppée dans une immense serviette. La mère l'avait prise dans ses bras. Tina était debout près d'elles. Elles s'étaient parlé longuement, toutes les trois, puis la mère avait posé une main sur la joue de Tina. La portière s'était ouverte, avait claqué, la voiture avait démarré.

Le jour n'est pas encore tombé. Je préférerais, qu'on ne voie pas ma face honteuse, le profil de marbre de la mère. Prostrée sur mon siège, en apnée dans la voiture, je ne peux pas bouger un muscle. L'herbe se couche en bord de route, le vent pousse sur l'habitacle. Martin s'est réveillé, redressé sur son siège.

Les graviers crissent dans l'allée devant la maison. La lumière nous aveugle.

Tous trempés au salon, la mère qui ne dit rien et c'est pire que tout. Les jumeaux ont retiré leurs cirés. Personne n'ose bouger. Dans votre chambre. Changez-vous. Demain vous irez à l'école puisque vous ne pouvez pas rester en place. Lili comme les autres. Je monte l'escalier, mes chaussettes laissent des traces humides sur les marches. T'as du sang sur le pantalon, dit la mère. Tu t'es fais mal ? Je m'arrête, remonte mon jean. Quelque chose se dénoue dans son visage durci. Je remarque le pli au coin des lèvres. Elle me tourne le dos, s'en va dans la cuisine. Je remonte jusqu'à ma chambre.

Porte fermée je tombe sur mon lit, tout habillée. Le goût du sel dans la bouche, odeur de fer sur le pantalon. Le vent secoue la maison. En bas, j'entends la vaisselle, le téléphone sonner, la mère répondre. Je retire mon pull, laisse mes vêtements dans un coin. Nue au milieu de la chambre, je regarde rouler un morceau de papier sur le plancher. Je l'ai ramassé sous les falaises, avant de passer l'arche. Il faisait encore beau, j'avais vu briller un bout d'alu roulé en boule, l'avais ramassé et glissé dans la poche de mon jean. Je le déplie à la lumière de la lampe. Juste une feuille de papier-alu, des traces de marqueur noir, la silhouette ailée d'une mouette. Je le dépose sur mon bureau. Dehors, les bourrasques s'intensifient, par la fenêtre des oiseaux passent cramponnés à l'air.

Quelqu'un remonte l'escalier. J'enfile mon bas de pyjama, attrape un t-shirt, éteins la lumière et me faufile dans mon lit, la couverture sur la tête. La mère entre dans la chambre des jumeaux, je perçois des bruits d'assiettes, de couverts. Elle se met à parler. Joe pleure doucement, Marin ne dit rien. J'ai eu très peur, dit la mère à mi-voix, j'ai eu peur de vous perdre vous aussi. Est-ce que Raph est morte ? demande Joe. J'enfouis ma tête dans l'oreiller. La conversation se poursuit en sourdine. Bonne nuit, mes nageurs, dit la mère à la porte de la chambre. Attends, maman, la retient Marin d'une toute petite voix. Tu sais qui est venu me sauver, quand j'étais dans l'eau ? Je me souviens pas.

Moi je sais, intervient Joe. C'était une sirène, je l'ai vue.

Je ferme les yeux. Je voudrais écouter de la musique mais mes écouteurs sont tombés sur les rochers. La porte de ma chambre grince faiblement. Tu dors ? demande la mère. J'accentue ma respiration sous la couverture. Elle pose quelque chose sur le bureau. De la tisane de sauge, elle dit, c'est bon pour les règles. Je t'ai mis des serviettes dans la salle de bains. Je reste immobile au fond du lit. Dans la cuisine il y a un reste de pâtes, si jamais tu as faim. Je l'entends trébucher sur mes vêtements, se pencher pour les ramasser. Lili ?

Quoi ?

Demain tu peux te reposer ici, ou bien venir avec moi, aider pour les recherches.

Maud

Presque personne sur le parking. La commissaire fait les cent pas, téléphone collé à l'oreille. Marielle frotte ses cheveux dans une serviette, ses épaules sortent d'un long pull beige. La panique est retombée. La peur s'est déplacée un instant, retombe sur le dos de Tina, appuyée à la barrière. Rentre avec Tina, dit Marielle en essuyant ses lèvres bleues, la peau mate dessous, dors chez elle cette nuit, il ne faut pas qu'elle reste seule. Elle enfile son K-Way. Je suis désolée de ne pas venir, je suis vraiment à bout de forces. Greg m'attend dans la voiture. Elle étreint Tina qui semble dériver, se raccrocher à tout ce qui l'aiderait à tenir debout. Je conduis, dit celle-ci. La commissaire nous salue.

La voiture quitte le parking, roule le long des falaises. Le jour baisse. Tina fredonne, tapote sur le volant au rythme d'une chanson que je ne connais pas. Marielle est enceinte, me dit-elle sans quitter la route du regard. Greg me l'a annoncé d'une traite quand elle a plongé pour aller chercher Marin. Il était complètement paniqué.

Tu sais c'est drôle, continue Tina, quand elle est arrivée ici elle savait à peine nager. Et puis petit à petit, elle s'est mise à aller dans l'eau tous les matins, et maintenant on croirait qu'elle nage depuis toujours. Mon portable vibre dans la poche de ma polaire. Je pose une main dessus sans décrocher.

Il t'attend toujours, ton ami ? demande Tina. Il repart demain soir, je réponds. Il m'a dit qu'il avait entendu les nouvelles à la radio, il pense à vous.

La voiture dépasse le village, les fenêtres allumées, les hirondelles balayées par les courants d'air. La tempête est déjà là. Demain tu n'es pas obligée de venir, dit Tina. Si tu veux aller à l'école, te reposer à la maison, rentrer un peu chez toi…

Non, Tina, je réponds. Je viens avec vous.

Les moutons ont déserté les champs. Je reconnais les ruines du lavoir, le chemin parcouru hier avec les enfants. J'ai l'impression que c'était il y a des mois. Clignotant, la voiture tourne sur le chemin, tressaute sur les graviers, les cahots nous soulèvent sur nos sièges. Tina coupe le moteur devant les ruines. Le vent balaie la lande, couche les bruyères. Après deux jours à arpenter cet endroit, c'est étrange de n'y voir personne.

J'en ai pour cinq minutes, annonce Tina. Reste dans la voiture. Elle ouvre la portière et la tourmente l'aspire au-dehors. Tu es sûre ? je crie par la fenêtre. Elle me fait signe en écartant les doigts : cinq minutes. Ses pulls les uns sur les autres, elle avance contre le vent. Toujours de la lumière à l'horizon, le soir est en suspens. Au loin les vagues dépassent le haut des falaises. Tina s'est assise sur un muret, regarde la lande.

Elle s'est installée à l'endroit où se trouvait l'oiseau, celui qu'observait Raph hier matin. J'ai beau me creuser la tête, je n'arrive pas à me rappeler le nom que l'enfant m'a dit. Je la revois le répéter, confiante, mais je n'entends pas le mot qui sort de sa bouche. Je ne savais pas que c'était sans doute la dernière fois que je lui parlais. Je me demande si Tina se dit la même chose. Si elle se rappelle les mots qu'elle a prononcés, le matin en déposant sa fille à l'école. A-t-elle pris le temps de la regarder, de lui dire au revoir, a-t-elle attendu dans la voiture, fenêtre ouverte, le temps que Raph monte les marches, entre dans la cour, son sac sur le dos, les cheveux déjà ébouriffés.

Les frissons traversent la plante de mes pieds, grimpent le long de mes jambes, insectes froids. Mollets, genoux, je remonte mes jambes sur le siège, sens le poids peser sur mon estomac, quelque chose appuyer contre ma gorge. Je ne parviens plus à avaler ma salive, tout s'est verrouillé, je pousse, passe une main sur mon cou, l'impression que mon cœur ne bat plus. La vue brouillée, des doigts enfoncent mes orbites, la nausée, reste calme, reste calme, respire. Le premier sanglot s'arrache à ma gorge. La main dans les cheveux, je tire pour arracher la douleur, la jeter par la fenêtre, frappe mon crâne sur l'appuie-tête, la tempête couvre les chocs. J'attrape ma mâchoire, étire cette peau, ce visage qui me fait mal, ces yeux qui n'ont pas su voir, ces oreilles qui n'ont pas su entendre. Du poing je frappe le tableau de bord jusqu'à entendre le craquement du plastique, des phalanges. Tête sur les genoux, je laisse mes bras retomber. Les sanglots me traversent comme des cailloux, graviers au fond de la trachée.

Lentement les spasmes se calment, les tremblements diminuent. Par terre, l'écran de mon portable éclaire la moquette. *Courage pour ce soir. S'il y a quoi que ce soit, appelle-moi. Marielle.*

Les larmes tombent sur mes genoux, inondent mon pantalon. Je souffle pour expulser tout ce qui coince encore, relève la tête. Dehors la lande ne remue plus. Le vent ne fait aucun bruit. Du plat de la paume, j'efface la buée sur le pare-brise jusqu'à distinguer les ruines. Tina n'est plus sur le muret.

Karen

Mes yeux s'ouvrent dans la pénombre. Un bleu pâle tombe des fenêtres. La tête de Cathy pèse sur mon ventre, je caresse les ridules au coin de ses yeux, les cheveux qui frisent, gris sur ses tempes. Elle est rentrée avant la nuit, fatigue sur le visage. Le ciré plein de pluie, elle s'est appuyée contre la porte, peinait à parler. Arrivé avec elle, Marius, à bout de forces, s'était allongé sous la table. J'ai compris qu'un des fils d'Aurore avait failli se noyer, que Marielle avait plongé pour le ramener sur le rivage. Cathy avait retiré son bonnet, s'était laissée tomber sur un banc, avait poussé un long soupir. Et puis elle avait remarqué Alma, assise au coin de la pièce.

Épuisés par les recherches, les pensionnaires étaient déjà rentrés, montés se coucher. Je ne vais pas fermer l'œil, avait déclaré Cathy. Et vous, quel est votre programme ? Alma avait répondu qu'elle attendait que le vent retombe pour repartir. Pas sans manger alors, avait décrété Cathy. Attablées, on avait partagé une soupe et du fromage, distribué les croûtes à Marius qui patientait sous la table, puis on avait joué aux cartes. Alma gagnait toutes les parties. Cathy s'était arrêtée au milieu d'une manche pour discuter les règles du jeu, puis avait tenté de nous tirer les cartes. La pluie frappait les vitres. Alma dodelinait de la tête. Je m'étais levée.

Je vais te préparer une chambre. Tu ne peux pas dormir dehors avec ce temps. Engourdie, elle avait repris son sac pour me suivre dans l'escalier. Chaque marche grinçait, le vent passait dans les murs. Tu verras, j'avais confié, l'acoustique est spéciale ici. Quand je suis dans la buanderie, au sous-sol, j'entends parfois rire les enfants des chambres du haut. Dans ta chambre il y aura peut-être des bruits de couverts, de chaises qu'on déplace. Les échos courent dans les canalisations. Certains disent qu'il y a des fantômes, et c'est sans doute vrai.

À l'étage, une rangée de portes numérotées. C'est immense, chuchote Alma. Ici, c'était une maternité, je raconte à voix basse. Tous les anciens sont nés entre ces murs, enfin la plupart, quand les conditions météo permettaient de traverser l'île. Certains lits sont d'époque, et les tables du bas aussi. Les rires d'enfants dans les tuyaux, c'est pour ça, dit doucement Alma.

J'ouvre la dernière porte du couloir, la laisse entrer. Deux lits sont alignés contre les murs, une commode au milieu, sous une grande fenêtre. Bienvenue chez toi. Alma pose son sac. Je l'aide à déplier les draps, installer les couvertures. Une voix nous parvient des étages du bas et elle s'arrête pour écouter. Sûrement Cathy qui parle toute seule, je dis. Ou un esprit, répond Alma. Lissant le drap du plat de la main, je lui raconte la rumeur du souterrain qui débuterait dans la cave de l'auberge.

Une galerie reliée à d'autres points de l'île, les postes de garde, anciens bunkers détruits par les bombardements. En partant d'ici, on pouvait aller jusqu'au phare, même jusqu'aux falaises au-dessus du port. La seule entrée qui reste est près d'un vieux blockhaus, pas loin de la plage, mais elle disparaît sous les décombres. On a cherché l'entrée dans le garage, avec Cathy, mais rien. Ma grand-mère disait que si quelqu'un éternuait dans une grotte sous les falaises, on pouvait entendre le son résonner dans les murs de l'auberge. Quand je suis en bas, je crois entendre le bruit des vagues, mais c'est souvent la machine à laver qui tourne.

Alma s'est assise pour m'écouter, au bord du lit. Entré pendant que je parlais, Marius s'est installé contre ses jambes. Désolé, il est un peu encombrant, je dis. Pas de problème, elle répond, une main dans son pelage, je l'aime bien, il ressemble à l'automne.

Sur le pas de la porte, je lui demande tu n'as rien vu ? Je sais que tu n'es pas là pour ça, que tu n'as rien à voir avec cette histoire de disparition, mais tu connais bien l'île. Tu pourrais avoir remarqué quelque chose. Elle secoue la tête. Pas vraiment. Même des oiseaux, il y en avait peu. Tout ce que j'ai vu m'a échappé.

Je te laisse dormir alors, je dis en refermant la porte.

Je passe la main dans les cheveux de Cathy, si fins, les fais glisser entre mes doigts. Avec une mèche, je lui chatouille le nez. Elle fronce les narines dans son sommeil. Avec précaution je la soulève, me dégage et l'étends sur le canapé. Sa lèvre supérieure frémit. Cathy dit qu'elle ne rêve jamais, qu'elle prend des photos pour essayer de comprendre à quoi ressemblent les rêves des autres, tandis que je lui raconte mes nuits rocambolesques.

Trois bougies brûlent sur le guéridon, près de la chaîne hi-fi. Je rassemble les cartes étalées sur la table, rapporte les verres à la cuisine, fais couler l'eau dans le bac. Lentement, je nettoie les assiettes. Mes pensées peinent à retomber. Demain c'est moi qui vais aux recherches, et Cathy se repose. J'ai l'impression qu'on avance à reculons, que c'est déjà trop tard. J'ai peur d'y aller, peur de tomber sur un cadavre, un corps de petite fille. Personne ne devrait voir ça.

La vaisselle empilée brille sur le bord de l'évier. Quelque chose appuie contre ma jambe. Je sursaute. Qu'est-ce qu'il y a, Marius ? La truffe du chien me pousse vers la porte. Je pose mon torchon, le suis dans l'escalier. Il grimpe dans les étages. Ses pattes frôlent les marches. Au bout du couloir il s'arrête devant la chambre d'Alma.

Je pousse la porte. La fenêtre est ouverte, le lit défait. Son sac n'est plus là. Je me penche au-dehors. Au loin, le phare éteint, l'ombre des rochers, la lande infinie. Les saules bordent les marécages, et face à l'auberge, le sapin centenaire. Sur la plus haute branche, un hibou des marais, immobile. Le halo pâle de sa figure, le plumage tacheté qui se confond avec les branches. Hypnotisée je le regarde, suspendue à la fenêtre. Je me sens tout à fait réveillée. Je fixe longtemps les deux points, lueurs dans l'obscurité. J'entends chanter quelque part au-dehors, dans les étages. Une mélodie aigre et soutenue. Je reste à l'écouter. Et puis je remarque quelque chose d'étrange. Les arbres ne bougent pas. La lande est figée, inanimée. Aucun souffle ne me parvient, aucune brise ne court sur ma peau. Le vent est retombé.

Alma

La lande s'étend devant moi, les brindilles craquent sous mes chaussures dans les herbes hautes. Il y a quelque chose de détraqué dans ce ciel statique, le soir qui ne tombe pas. Même les beaux jours, ici, on sent les courants d'air, la peau froissée, asséchée par la brise. Un bourdon continu entre les phalanges. Ce soir, c'est le calme qui est inquiétant. Je me sens presque abandonnée.

Marius ronflait sous le lit. Allongée, paumes ouvertes sous la couverture, je ne parvenais pas à fermer les yeux. La tourmente semblait s'être arrêtée. La fenêtre ne tremblait plus, la pluie avait cessé de couler sur les vitres, je n'entendais pas le bruit des vagues. Je me suis redressée, droite dans le lit, j'ai regardé dehors. L'horizon était dégagé. Les goélands ne piaillaient pas, comme d'ordinaire à la tombée du jour. Je me suis levée, ai ouvert la fenêtre, me suis penchée pour récupérer mes affaires. Tout était déjà prêt, je n'avais même pas ouvert mon sac. Réveillé par le bruit, Marius a levé la tête. Chut, j'ai murmuré, un doigt sur la bouche, avant de jeter mon sac par la fenêtre, d'enjamber le rebord.

Il ne fait pas froid. Électriques, mes cheveux se plaquent à mes joues. Je ralentis le pas, me raccroche aux lanières du sac à dos. Les menaces se terrent dans le silence. Je me demande où sont allés dormir tous les policiers, tous les plongeurs. Comme l'impression qu'ils sont rangés quelque part, pour les ressortir propres demain matin. Un hibou survole les champs. Sur la crête des falaises, le faisceau d'une lampe. Je jette un œil au phare éteint. Je n'ai jamais vu sa lumière.

Assise sur le lit, ses longues nattes grises, Karen m'a raconté des histoires de souterrain. Je regardais ses mains brunes, creusées de sillons, je les trouvais belles. Avant elle, personne ne m'avait jamais parlé de ces galeries. J'ai envie d'y croire, aux chemins tracés sous la terre. Une île creuse, ça me plaît. Je me demande s'il reste des entrées, si certaines ne sont pas obstruées. Je me dis que la police sait pour les souterrains, qu'une équipe y est peut-être allée.

Je marche tellement que j'arrive au phare. Je pousse le portail, traverse le jardin, m'appuie contre la pierre.

La poussière tombe dans les interstices. La porte est ouverte, et je sais qu'il n'y a personne.

En face une pointe de rocher surplombe la mer, promontoire naturel. Je m'y arrête. Peut-être que c'est là que Yann est tombé. Sorti pour admirer le vide, le chaos à ses pieds, les vagues trop proches. Je m'y assois. La mer est lisse, d'un bleu profond, les couleurs se nichent dans les plis. J'observe les rides, écoute le clapotis lent sur les rochers. Un courlis appelle, plus bas sur la grève. Le cri s'étire sans retomber, ricoche à la surface de l'eau. Je me relève. Ce n'est pas un oiseau. C'est une femme qui chante dans la nuit.

Le timbre éraillé ondule et s'éloigne, vers l'ouest. À tâtons je longe les rochers qui surplombent la crique, je cherche la voix. Les aigus se répercutent sur les parois. Celle qui chante est en bas des falaises. La mer est haute encore, et personne ne peut marcher le long de la plage. Je me penche pour regarder. La voix descend, grave, mélopée douce, des paroles se détachent. Je distingue chaque mot, ne les comprends pas. C'est la langue d'ici, ce dialecte curieux que je n'ai jamais appris. Les syllabes répétées, un pas martèle le sol, en cadence. J'accélère le rythme pour la rattraper.

C'est une chanson, de celles qui sont entonnées au port, les nuits de gros temps, quand je passe près du café sans jamais entrer. Celle qui chante se déploie, file au creux des falaises, fait corps avec les stries, les aspérités de la roche, pour que jamais on ne l'aperçoive. Une voix de cent ans, qui se craquelle, s'effrite.

Le chant porte loin. À l'auberge, on l'entend, je suis sûre, au village aussi, au port les pêcheurs ouvrent un œil dans leur sommeil. Le souffle puissant et irrégulier frappe les falaises, se scinde, se dédouble, échos fragiles. D'autres voix la rejoignent sur le rivage. Des voix d'avant, des voix de maintenant qui se frôlent et s'aiguisent, les unes contre les autres. Chaque grotte abrite une voix, et c'est toute la grève qui chante.

Au gré des récifs, le chœur s'éloigne dans la nuit, procession secrète, impalpable. J'avance en tremblant. Je ne sais plus où je suis. À force de marcher je suis arrivée sur le parking, au-dessus de la grande plage de l'ouest. Frissonnante, je m'appuie contre la barrière. La mer est en train de redescendre. Géante endormie, l'épave allongée émerge des eaux. Une ombre passe sous la surface. La peau ondule dans la combinaison verte, le corps file vers le large. Je reconnais les épaules, les cheveux clairs dans les remous. La nageuse de l'aube est revenue.

Marielle

On rentrait sous la pluie, le pick-up malmené par le vent, personne n'avait mis sa ceinture, Greg était concentré sur la route, moi cramponnée à la portière. Arrête-toi s'il te plaît. Je voyais la maison à travers les arbres, au bout de la route, le toit minuscule et les murs qui ne demandaient qu'à se désintégrer à chaque tempête. Greg a freiné doucement. Un break a ralenti derrière nous, ses occupants masqués par l'averse. Tu as la nausée ? a demandé Greg quand la voiture s'est éloignée. Tout va bien, j'ai dit. Je vais rentrer à pied. J'ai ouvert la portière.

Il pleut des cordes, a protesté Greg, tes habits sont trempés. J'ai sauté dans le fossé, par la vitre lui ai fait signe de partir. Il ne bougeait pas. Ça va, Greg. Vitre baissée, inquiet, il m'a tendu ma cape de pluie sans poser de question. J'ai attendu que la voiture disparaisse dans le virage, et j'ai pris la direction opposée.

Les coups de vent me propulsaient sur la route. J'avais décidé de retourner à la plage. C'était comme ça. Je ne pouvais pas rentrer à la maison, manger devant la table basse, aller me coucher comme si de rien n'était. Sur le parking, j'avais hésité à rentrer avec Tina et Maud. J'avais si froid, je ne savais plus où j'étais, et Greg m'attendait de l'autre côté. Je ne comprenais plus ce qui s'était passé.

La botte jaune en bas, le corps minuscule flottant dans les vagues, je n'ai pas attendu, poussé tout le monde, dévalé le sentier. Sur les rochers j'ai plongé, l'eau était froide, un tourbillon. J'ai crevé l'écume, j'ai dit à l'enfant ne bouge pas, tout va bien, passé son bras autour de mon épaule, enserré sa taille. Il était si lourd, j'ai cru me noyer. J'ai poussé de toutes mes forces vers le bord, ne t'arrête pas, ne t'arrête pas je pensais. Sur les cailloux, à bout de forces, crachant des litres d'eau, un petit garçon aux yeux rougis.

Le cri d'Aurore sur le parking, le soulagement dans les poumons, ses mains attrapant mes épaules, merci dans ma nuque, et Tina derrière, pâle, sourire triste pour la factrice et ses trois enfants sortis de l'eau. La peur, la douleur dans le corps. Tirant son pull au-dessus de la tête, elle l'a retiré pour me le donner, me réchauffer. J'en ai d'autres, a-t-elle dit en me montrant les couches sous le ciré. Tina, tiens bon, on va la retrouver, je lui ai chuchoté avant de repartir.

Semelles accrochées au béton, l'eau qui rentre dans le nez, les plis de la cape, l'odeur de Tina dans les mailles, la mer encore accrochée à ma peau. Je retourne au parking. Il y a une ivresse à marcher dans les rideaux de pluie, s'appuyer contre l'air. Au-dessus de ma tête les fils électriques tanguent dangereusement. Aveuglée par les gouttes, je me dis que sûrement Greg s'inquiète, qu'il va faire demi-tour, faire la route en sens inverse, me retrouver couchée dans le fossé, noyée dans une flaque. Je traverse les trous d'eau sur les graviers du parking, retrouve le chemin de la plage. Accrochée aux branches, les mains écorchées par les ronces, je trébuche à chaque pas. Dans les derniers mètres mon pied se coince sous une pierre et je tombe, roule jusqu'au bas du sentier. Ma cape se plaque contre mon dos.

La tête dans le sable, je souffle. Je me relève lentement, crache les grains de sable coincés entre mes dents. Je n'entends plus l'air s'engouffrer dans mes tympans. La mer est silencieuse, le vent ne balaie pas les falaises. Les vagues encerclent le bord de mes chaussures.

Je dénoue les lacets, pose mes baskets sur le sable, retire ma cape. L'eau n'est pas froide. J'enlève mon pantalon, soulève le pull de Tina, la remercie à voix basse et le jette avec le reste. Plus rien ne bouge. J'avance. La marée descend, et je l'accompagne, suis le ressac, entre dans l'eau jusqu'à la taille. La peur se détache pour se déployer, ondes de plus en plus larges autour de mon buste. Je glisse les épaules sous la surface, replie les jambes, les étends. Je sens mon ventre, entouré de bulles. Je plonge.

Sous l'eau, le grondement minéral, longue plainte déformée. Les rochers parlent, je le sais. Greg m'a raconté un jour les pierres qui chantent, celles qu'on utilisait au village pour appeler à l'office. De longues pierres plates frappées les unes contre les autres, au son pur comme des voix humaines. Déformé par les profondeurs, le chant s'étire. Il vient de sous mes pieds, me porte dans les remous. J'ai arrêté de nager, me laisse dériver, en apnée. Les boucles sonores s'enlacent, se tissent, et je me sens tomber au fond de l'eau. Elles m'entourent, lianes souples, me caressent les chevilles, parlent une langue déliée, obscure, que je ne comprends pas mais qui me plaît. Je commence à manquer d'air. Dans un sursaut je pousse sur mes pieds pour remonter, crève la surface.

J'aspire l'air de la nuit. Le chant s'est arrêté. La plage est loin, la mer lisse. Je ne comprends pas où est passée la tempête.

Marielle ! La lueur d'une frontale éclaire l'eau, me débusque, une silhouette agite le bras de l'autre côté. Je me remets à nager. À la lisière de l'eau, Maud m'attend, le pull de Tina entre les mains. Elle baisse la lampe torche, me tend le vêtement pour que je m'essuie, essore mes cheveux avec précaution. Puis elle retire son manteau pour le poser sur mes épaules. Nos respirations se calment.

Tu as entendu ? elle demande. Les chants, sous l'eau, je réponds. J'avais l'impression que c'était dans ma tête. C'était tout près, dit-elle en frissonnant, j'ai cru que ça venait de l'épave. Je ne sais pas si c'était une voix de femme ou de petite fille. Elle éteint la frontale.

Le manteau s'accroche à ma peau, odeur de violette qui se mêle au sel. Je glisse les mains dans les poches. Les vaguelettes viennent lécher mes pieds nus, les chaussures de Maud. Je perçois son profil dans le noir, son souffle lent et doux. Elle ne tremble plus.

Yuna

Les bras de la grotte refermés autour de moi, je ne sais plus s'il fait jour. Je suivais l'oiseau quand les roches se sont ouvertes, une pierre a roulé, happée par le vide. La chute n'a pas duré longtemps. J'ai retrouvé mes jambes, mes bras autour, je ne vois plus rien. Une cavité pas plus grande qu'une couchette de marin, juste la place d'allonger la main pour toucher le plafond. J'ai déposé le dos contre la pierre qui grave des mots entre mes clavicules, plus personne ne passe depuis un long moment.

Toute la journée, au-dessus de moi, des voix, des pas qui trébuchent, qui s'arrêtent, se concertent, des bribes, j'ai compris en assemblant, en tissant les fragments de paroles, qu'une tempête allait arriver. Il n'y avait plus beaucoup de temps. Les gens allaient rentrer chez eux. D'horreur j'ai frappé, cogné la roche de mes poings, les coups n'atteignaient pas le dehors, les pierres se taisaient, gardaient tout pour elles. Je criais, m'époumonais, me déchirais les tympans mais dehors les pas se réduisaient, ne restait que le vent, qui répondait toujours.

Au village, quelques mois plus tôt, quelqu'un avait rapporté deux énormes pierres. Deux cailloux posés au fond de l'église. Le diacre le dimanche les faisait sonner. Venez, venez à l'office, elles ordonnaient, c'étaient des pierres apprivoisées. Leur son était pur, cristallin, résonnait jusqu'aux hameaux les plus éloignés du bourg. Cachée derrière l'orgue, un après-midi, j'ai essayé de voler les pierres, les emmener jusqu'à la crique pour leur rendre leur liberté. Yann était venu m'aider, les poussait, arc-bouté sur le sol de l'église. Trop lourdes pour nos bras d'enfants, elles sont restées devant la porte, où le diacre les a découvertes le lendemain. Les roches du dehors, celles de la crique, ont attendu leurs sœurs en vain. Elles aussi auraient voulu apprendre à chanter. Alors elles me punissent, m'enferment dans leurs bras pour se venger.

Avec Yann, on a continué à chercher les pierres sonnantes, au fond des baies, sur les falaises. On était sûrs d'en trouver d'autres. Un caillou à la main, on frappait le granit, ses aspérités, on pistait les complaintes. Chaque roche a son cri, râleuse ou flûtée, aiguë en larmes de nourrissons, bancale comme les pêcheurs qui ont trop bu.

Je commence à avoir froid. Je crains qu'en remontant, la peur infiltre la caverne. J'appelle, j'appelle encore, je n'ai presque plus de chair dans la gorge. Mon nom résonne encore parfois sur la plage, mais personne ne m'entend. Je crains d'être devenue muette. Les pas s'atténuent, la tempête arrive, ce soir elle travaille pour le compte des pierres, pour recouvrir mes plaintes, effacer les traces, pour que jamais on ne me retrouve. J'ai peur de l'éboulement, la falaise s'effondre et moi dessous, fine comme le tissu, réduite en poussière. Je tremble et mes genoux se cognent, s'égratignent contre la roche.

La mer est tout près, les vagues franchissent déjà les écueils. Des craves survolent ma cachette. Les heures passent, le vent ne se lève pas. Au village, peut-être, quelqu'un l'a fait taire. Je pense à la tempestaire, qui parcourt les villages, bâton à la main, au bout des lèvres les derniers ragots, les querelles, les noces, les nouveau-nés. Elle n'appartient à aucun bourg. Quand les courants l'acceptent, elle vient jusqu'à l'île pour calmer les bêtes, apaiser les moutons affolés par les bourrasques, en soufflant dans une flûte de roseau. Elle chante pour la moisson, fait danser le village. Un soir de fête elle m'a appris une chanson de chez elle, qui parle d'une maison accrochée aux bruyères, d'une fillette née au milieu de la mer. Puis elle a planté son bâton dans la terre, arrêté le vent qui menaçait les noces. Les champs étaient restés placides.

Le vent moi je l'aime. Enfant de la tempête, je le connais bien. Je l'attends sur le pas de la porte, cheveux emmêlés, les rafales emportent pleurs, disputes, malentendus, dissipent la peine, ce qui s'est enchevêtré dans les jours gris. Celle ou celui qui crie sa rage choisit toujours un jour de tempête, pour ne pas être entendu. Penchée au-dehors, quand les arbres ploient, je prends garde de ne pas recevoir les tracas, la colère des habitants. Quand vient le fracas, ma mère, je le sais, sourit en secret. Quelque chose échappe aux regards, quand elle confie ses torts, les pensées fines à la tourmente, au ciel qui fond sur la maison basse. Puis elle se reprend, rassemble les siens autour de la table, dit ne bougez pas, cette nuit le toit vous protégera.

Que font-ils tous en ce moment, sont-ils ensemble, dans la maison, et ce vent qui ne souffle pas, m'ont-ils déjà oubliée ? À force de rester sous terre, je me sens devenir la roche, une enfant cailloux. Les larmes salent ce qu'il me reste de visage. Si je dois me transformer en pierre, alors je veux être une pierre qui chante.

Trois lieues au large, maisonnette blanche, le genet pousse près de la porte. La mélodie se fraie un passage, tisse un fil clair sous ma poitrine. *La lande couvre les alentours.* Je fredonne, ouvre le chant pour ceux qui passent, pour qui pourrait l'entendre, au phare, dans la maison. *Chaque jour chaque nuit sur la mer souple*, et les mots se propagent jusqu'à l'horizon. Les pierres desserrent leurs bras, je sais que je guéris, les griefs, les remords, j'apaise leur vengeance. *Je suis née au milieu de la mer*, je chante et chante encore, et les roches m'accompagnent, pour que là-bas plus loin, la mère et Yann suivent les échos et viennent me retrouver. La chanson s'achève, et quand je m'arrête j'entends des pas sur les rochers.

Tina

Un jour d'automne sur la plage, la peur et la foi dans le ventre, j'avais posé Raph sur le sable.

Dès les premières semaines je l'avais emmenée le long du rivage. Emmaillotée, les yeux mi-clos contre mon ventre, bonnet enfoncé sur la tête. Dans sa bouche les bulles, billes de mots encore inconnus, sa langue de bébé que je ne comprenais pas, que je lui empruntais pour lui répondre, effaçant les consonnes, cheminant avec elle à la lisière des mots. Je lui chantais les airs du Nord, ceux de Sven, qui couraient sur nos peaux avant qu'elle n'existe, que je fredonnais quand elle était dans mon ventre, les mélangeais aux refrains d'ici, la berceuse des îles dont je connaissais quelques mots en breton.

Quand elle avait commencé à marcher, je l'avais présentée à la plage, avais retiré doucement mes mains de son ventre. Elle tenait debout. Les pas malhabiles, son hésitation, la stupeur devant l'immensité, elle avançait sur le sol mouvant, ses pieds nus creusaient à peine le sable. Raph tanguait, bras tendus devant l'océan, les yeux écarquillés. Un coup de vent, le bonnet qui s'envole, elle titubait vers les vagues. Ses cheveux fins flottaient, brillaient dans le ciel pâle.

La tempête enfle autour. Contre le vent j'avance, reprends le sentier, m'approche du bord des falaises. Je scrute, accuse le vide de ne pas m'aider, les pierres de ne rien montrer, je ne sais pas pourquoi j'ai besoin d'y aller encore, toujours retourner au même endroit. Raph est peut-être à des kilomètres. Dans une camionnette à l'autre bout du pays. Je ravale ma peur. Quand les enfants d'Aurore sont apparus, surgissant de nulle part, cernés par les eaux, les gens se sont pressés contre la barrière, dans ma nuque leurs haleines. Mais d'où viennent-ils ? s'est affolé quelqu'un, un autre a chuchoté les souterrains sous l'arche, l'entrée du vieux bunker, tais-toi, a dit une femme, les entrées sont détruites, personne ne connaît le passage, seuls les anciens savaient et ils sont tous morts. Puis Marielle a plongé et tout le monde s'est tu.

La pluie tombe devant mon visage. En bas, des gravelots sautillent dans les vaguelettes, leurs cris se tressent les uns aux autres, la houle les chasse. Mon regard remonte le long des parois, sur les mottes de terre qui poussent entre les rochers, la chair qui borde les falaises, un frisson passe le long de ma nuque. Une femme est assise dans les rochers. Ombre aux cheveux longs, mains croisées sur les genoux.

Yuna, la femme du phare, qui connaît tout de l'île et de ses recoins, les repaires, le rythme du vent et des marées. Annie, la mère de Greg, répète qu'elle sait dompter la houle, l'orage et la tempête, qu'elle l'a toujours connue vieille, et que petite elle en avait peur. J'ai du mal à la croire. Quand je la croise, traversée par ses yeux clairs, ses boucles de jeune fille, le pas alerte, la candeur, un courage d'ancêtre, d'enfant, je frissonne. Yuna qui sait tout, n'as-tu pas une idée d'où est ma fille ?

J'ai trouvé le sentier qui court dans les falaises, celui par lequel sont passés Lili, Joe et Marin. Je pense à eux, venus pour aider, fiers et terrifiés par les vagues, à tous ceux qui se sont déplacés, ont traversé l'île de long en large, hier et aujourd'hui, Maud endormie dans la voiture, Marielle au volant de la camionnette, Greg, Annie et Pierre. Les pierres roulent en bas des falaises. J'avance et me courbe, mon dos, mes jambes craquent, je me rapproche, en face la vieille n'a pas bougé, les pans de sa robe flottent sur ses genoux. Les pieds empêtrés dans le sol, je trébuche, me rattrape aux rochers pour ne pas tomber. Quelque chose s'est coincé dans ma botte, filets plastiques accrochés aux semelles. Je soulève ma chaussure, tire avec mes doigts. Deux écouteurs pendent au bout des fils incrustés de sable. Je les glisse dans ma poche, gravis le sentier, remonte vers la silhouette de Yuna. Parvenue à sa hauteur, je m'arrête, retiens ma respiration. La roche érodée, les algues dessus ont pris la forme d'une femme assise.

La pluie fait vivre les mirages.

Je me laisse tomber contre la falaise, la tête dans les mains. Tout ça ne mène à rien. Je veux rentrer, je veux que quelqu'un vienne me chercher, me ramène à l'abri. Je retire les écouteurs, les démêle lentement, les glisse dans mes oreilles, l'un après l'autre.

Autour de moi, le vent se calme, la pluie se réduit, les gouttes sèchent sur l'arête de mon nez. L'épave luit sur la mer, et les lames retombent, la surface s'apaise, s'adoucit. L'éclat d'une frontale passe sur les falaises, à l'autre bout de la plage. Un caillou roule sous mes pieds, dévale la roche. L'écho de la chute, cristallin, circule le long de la grève. Je retire les écouteurs. Un filet de voix pousse contre mon dos, tremble, léger le long de la roche. Le vent s'est tu. Sous mes pieds, quelque part dans la roche, une petite fille chante.

Raph, je dis, et le cri reste au fond de ma gorge. Je ne dois pas interrompre la mélodie. J'attends qu'elle se termine, que les refrains remontent du cœur des falaises. La voix fluette file entre les roches, se noue aux bruyères du bord du chemin. Elle dit les marées, les plaintes des vanneaux, la fuite des crabes entre les algues. Les notes frêles et solides portent la force vive de celles qui sont nées dans les embruns. Je suis tout près, viens me chercher. Je marche vers elle, entre les pierres, sillonne le sentier, cherche les creux, les éboulis. Elle s'arrête, et moi aussi je me mets à chanter. Ma voix sort rauque, éraillée, elle se déroule au-dessus des falaises. Elle s'élève, se déploie, elle prend la forme du sentier. Je chante, j'avance vers elle, pour lui dire je suis là, j'arrive, ne bouge pas. Je chante, je m'arrête, et elle fredonne je t'attends. Je chante et elle répond, parce que cet air, elle le connaît bien.

C'est la berceuse d'ici, celle des marins du port, de la vieille Yuna. Celle invoquée au fond de l'épave pour recouvrir le vent, celle qu'on m'a chantée à la naissance de Raph, fredonnée le soir pour qu'elle s'endorme. Celle qui m'a faite îlienne.

Me zo ganet e-kreiz ar mor
Teir lev er-maez
Un tiig gwenn du-hont am eus
Ar balan gresk e-tal an nor
Hag al lann a c'hol an avaez
Me zo ganet e-kreiz ar mor
E bro Arvor

Je suis née au milieu de la mer
Trois lieues au large
Une maisonnette blanche
Le genêt pousse près de la porte
La lande couvre les alentours
Je suis née au milieu de la mer
Au pays d'Arvor

Merci à Mathilde Pucheu et aux camarades du Lab' 2021 pour les échanges et l'écoute. Merci de m'avoir aidée à poser les premières planches de cette cabane îlienne
Un merci infini à Colombe Boncenne, guide insulaire, pour son précieux accompagnement, les retours si justes et tous les encouragements
Merci à Nicole Caligaris et Frédéric Forte pour leur confiance, et l'élan insufflé lors de ces deux belles années
Merci aux ami.e.s havrais.e .s pour les harmonies et la magie partagée, les retours, les coïncidences, les histoires en miroir, les sillons explorés, et mille merci à tous.tes les camarades du Master de Création Littéraire du Havre pour les rencontres, le cheminement à vos côtés, le partage des doutes, des joies, le réconfort
Merci à Juliette Ponce, Marie-Anne Lacoma et à toute l'équipe de Dalva de croire en ce texte et de le faire exister sur du papier. Merci pour l'enthousiasme, merci de m'ouvrir les portes de votre chaleureuse maison

Merci à Sonia et Andréa de me permettre une réécriture sereine, et une année si agréable au meilleur endroit

Merci à Manuela, Ava, Lydie, mes sœurs, mes phares

Merci à Paola et Anouk, à nos sentiers parallèles

Merci à Erwan pour les rires, la tendresse, pour les feuilles et les ailes

Merci à mes parents et à mon frère de me soutenir, toujours

Merci à la Bretagne et à tous les oiseaux de rivage

Merci à tous.tes celles et ceux croisée.s sur le chemin, chacun.e à son nid, sa cabane, son rocher sur mon île.

pca
cmb
édition pré-presse
livres numériques

44400 Rezé

#lisez! engagé
Pour plus d'information :
www.lisez.com
Imprimé sur du papier issu de forêts gérées durablement.

Achevé d'imprimer en juin 2024
par Normandie Roto Impression s.a.s.
61250 Lonrai (Orne)
N° éditeur : 67627/01 – N° imprimeur : 2402533

Imprimé en France